Ludwig Weibel
Überirdisches Gemurmel
Glückselige Wandertage sind der Lohn

Books on Demand

Bibliographische Information der Deutschen Nationalbibliothek. Die Deutsche Nationalbibliothek verzeichnet diese
Publikation in der deutschen Nationalbibliographie,
detaillierte bibliographische Daten sind im Internet über
http://dnb.dnb.de abrufbar.

© 2018 Autor: Ludwig Weibel
Herstellung und Verlag:
BoD – Books on Demand, Norderstedt
ISBN 9783752810271

Ludwig Weibel

Überirdisches Gemurmel

Inhalt

1

Fülle und Prosperität

1.1

Glaubhaft ist für Mich nur das was ernstlich Meinem Geist entgegenstrebt und was dankbar das empfängt was Ich ihm Bin in seinem Sich-Verwundern. Du kannst nicht dir *und* Mir zu halben Teilen dienen. Wahrer Dienst muss immer ganz auf Meiner Seite stehn, damit er konstruktiv und weltgewandt, liebenswert und effektiv wird, über Generationen. Demnach ist es recht und billig, dass du dich entscheidest für das Einzige und Einzigartige, das deinem Leben Fülle und Prosperität, Festigkeit und Tradition verleihen kann in unendlichen Dimensionen.

Ich weiss, du suchst und suchst und kannst gerade das nicht finden was dir so wichtig scheint: Geruhsamkeit und Lebenssicherheit, erbauliche Gesellschaft, wie verehrenswerten Herzensfrieden. Diese Werte, musst du wissen, sind in deiner Welt nur schwer zu finden, weil dort die Unrast, Raffgier, Eigensinnigkeit und die banale Langeweile dominieren. Was Ich dir jedoch offeriere sind glasklare Wachheit, Seinsbewusstheit, Weitsichtigkeit im Geiste wie Vertrautheit mit den übersinnlichen Manövern, die dir Heil und Helligkeit, Wahrhaftigkeit und immanente Friedefertigkeit bescheren.

Nur die dumpfe Schläfrigkeit, in der du dich herumtreibst, hindert dich daran, Meine lichten Höhnen zu ersteigen und das Leben wahrer Menschenwürde und Gottseligkeit tatsächlich zu geniessen. Weder Prüderie noch Findigkeit in Sachen Lehre können dir zur Lösung deiner Rätsel hilfreich sein. Der Aufschwung in Mein Reich kann dir nur durch geduldiges Dich-auf-Mein-Wesen-Konzentrieren beglückende Erfüllung bringen überirdischer Natur. Es kann dir zeigen, was du wahrhaft Bist in deinem Sein, sowie im Fokus Meiner Götteraugen. Ich Bin dir hilfreich bis zum Gehtnichtmehr, wenn du Mich innig bittest um Erleuchtung und Vereinigung im überirdischen Revier.

1.2

Hochhalten solltest du die Tricolore der Empfindsamkeit für: Leben, Liebe und Gottseligkeit im Frieden der beseelten Allnatur. Du hast die Freiheit - Güte statt Gewalt zu üben, Glaubwürdigkeit statt Missgunst, Rechtschaffenheit statt schändliches Benehmen. Was aus dir noch werden soll ist in das Weissbuch eingeschrieben, das Ich deinem Schauen vorgelegt und deinem Seinsgewissen eingetrichtert habe. Es gibt die Geister der Versuchung, doch ist es unklug ihrem Drängen nachzugeben oder gar ihr Sein zu loben, stur und reaktionär. Du bist nun genug auf dich zentriert, sodass es dir wohl anstehn würde, dich auf das, was du in Universenweiten Bist, zu konzentrieren. Im Kleinen sollst du gross sein wie im Grossen klein vor Meinem Angesicht der tadellosen Definitionen. Vollbringst du etwas, muss es Mir genehm sein, um süsse Frucht und Lebenszärtlichkeit hervorzubringen. Ich hülle dich in Mein Verlangen ein, aller Widrigkeit zum Trotz, in dir den Meister der Genügsamkeit und Wohlerwogenheit, standhafter Liebe und Gerechtigkeit zu sehn. Es macht dich kostbar, wenn du einsiehst, wie die Regeln göttlicher Vernunft dir Frieden und Gottseligkeit bescheren. Schlussends sollst du dich unter Meinem Fittich Wohlgeborgener und Sinngeladner nennen können. Du Bist und nährst dich von demselben Geistesatem den auch Ich als Elixier des Lebens im unendlichen Gewirke intus habe.

Was gibt es in Mir zu verändern: Nichts, denn alles spult sich wie am Schnürchen ab in Meinen vielverzweigten Destinationen. Du trauerst um Verluste, Ich aber freue Mich an dem was neu geschieht und was Ich genialerweise unternehme. Meine kapitale Kraft ist Legion und ist genauso legionär in dich gegossen wie ins All, in dem Ich Mich voll Lust und Liebenswürdigkeit bewege. Mein Tun ist strömenlassen und Meine Geltung überirdisches Gemurmel im bewundernswürdigen Allhier.

1.3

Hat dir jemand Sand ins Augenlicht gestreut, dann wische *Ich* es sogleich wieder weg sowie Ich deine Bitte in des Herzens Innigkeit vernommen habe. Kannst du ermessen, wieviele Deutungen von minikrimem menschlichen Format Mir täglich aufgetragen werden, um der Gerechtigkeit und liebevollen Hilfe Willen, die Ich dem Weltsein zu gewähren habe. Oft mutet es Mich wie ein Kindergarten an, wenn Mir Fragen und Erörterungen vorgetragen werden von üppiger Banalität wie von kleinkarierten Albernheiten. Dabei geht es letztlich um das Reifen der Unendlichkeiten hin zu grösserer Bewusstheit wie um die Beförderung der genial gesponnenen Lebendigkeiten. Weder Stillstand oder Rückschritt sind erlaubt in Meinen Gärten des sich als vollendete Gebärdens Meiner Seinsgeschöpfe. Auch du sollst dich als ungemein Verständiger erfühlen in Bezug auf göttliche Gesetze wie auf menschliches Verhalten hintennach.

In vielen Fällen mag es dir egal sein wo die Reise hingeht in des Seins Gerissenheit und seelenvollen Harmonie. Ich aber Bin Mir selber pflichtig einer lückenlosen Wachheit den Besorgungen des Lebens gegenüber, die da unbedingt erfüllt sein wollen ohne zögern, ohne Zitteral. Die Seinsdevise lautet: immerzu voran, die Fahne hochgehalten und die Kraft des Willens eingesetzt, um gerade dort zu siegen, wo schon Allzuviele schmählich aufgegeben haben. Kämpfst du unter *Meiner* Flagge, kann dir keine Niedertracht geschehen in der Wüste unanständiger Entfaltungen und Lebenskapriolen. Du hast dich in Meine Garde der Vernünftigen und Genialen eingestellt und lässest dich von Mir beherrschen und begüten. Glückselige Wandertage sind der Lohn für dein enormes Seinsvertrauen, das der Verehrung und geduldigen Behütung Meinerseits niemals entbehrt.

1.4

Der Vorstand jeder noch so dubiosen oder offensichtlich wertbeständigen Gesellschaft wird nicht müde, seine Tüchtigkeit herauszustellen, um in seinem Amt bestätigt und geschätzt zu werden. So auch du machst dich für jene schön, von denen du Verehrung und Gewinn erwartest, Bestätigung und Lob. Denkst du auch einmal daran am raschen Tage Mir ein Lächeln oder einen Gruss zu senden aus der Tiefe deines Herzens, strahlenden Unendlichkeiten zu? Ich Bin allüberall bereit ihn zu empfangen, vornehmlich aber wird er deinem Herzen abgelauscht von Mir. Das Intime, Seinsbewusste trägt dich Meinem Sinnen zu, derweil das Universenweite dir zur Schau und Heimat werden soll, sowie zum göttlichen Genügen.

Du beginnst zu merken, was nicht blosse Theorie ist, sondern pure Wirklichkeit in deines Lebens fabelhaftem Stil. Es ist das überirdische Gebaren und Bewahren, das in deiner Seele als Erkenntnis aufkeimt, blüht und sich verbreitet wie in einem Gottesgarten. Da mögen noch so viele kritisierend ihre Nase rümpfen, du aber bist dir sicher, das zu sein was alle sind, doch ohne es zu wissen: das Leben, Wirken, Sein und Wollen kosmischer Natur in den Allweiten, die dir Hort und Heimat sind im vielbewegten Über-dich-Verfügen.

Du wanderst, schlenderst, gehst, spazierst und eilst so vor dich hin, derweil Gedankenfetzen um dich fliegen. Du nimmst sie auf, bald da bald dort, und fügst die Eigenen dazu zu einem Konquistadorium von immanenter Güte und Besonderheit in deines Lebens Lustgewinn und Spiel. Vieles hast du angepackt und vieles auch verworfen, doch dem Einen bist du treu geblieben, dass du dich selber Bist in deiner eignen Melodie und deinem urchigen und edlen Tanze um das goldne Kalb, wie um den Gott der Wahrheit, der Ich Bin und der du Bist in unerhörter Tüchtigkeit und Fantasie, Überlegenheit und Qualität der Äusserungen, gütestrahlend, seinsglückselig und salut im lichterstrahlenden Allhier.

1.5

Eben noch der Wackere gestehst du dir nun ein, wie faible du im Grund genommen bist in deinen Niederungen und Versuchen gross zu sein und angesehn zu werden. Was ist die Heilung für dein Weh, wenn nicht ein Lächeln und ein liebes Wort aus Freundesmund? Und der Bin Ich, versehen mit der Weisheit von Äonen, wie mit der Spontanität, die sich *den* Augenblick zunutze macht, um siegessicher mit der rechten Lösung aufzutreten. Alles was nicht dieser götterlichten Norm entspricht ist schon vom Hauch des Übels angegriffen, das in der profanen Welt grassiert und nur allzuviel, an sich Gediegenes, dahinrafft mit sarkastischem Vergnügen.

Weshalb kentert manches Schifflein leichterdings auf hoher See? Weil es sich Meines Schutzes nicht versehen hat in seinem Orgueil ganz allein den Pfad zu finden durch die Wellenberge, sie wunderbar durchpflügend. Doch kein Wunder ist geschehn, derweil der Tod noch jede Unvorsichtigkeit belauert, um sie herzlos ausnützen und dem Armen, Vielgeplagten den Garaus zu machen. Hätte der verwegne Freizeitkapitän doch nur mit einem flüchtigen Gedanken Meine Hilfe angerufen, Mein Segen wäre unverzüglich über ihn gekommen, der Himmel hätte sich gelichtet und die wilden Wogen hätten sich zur Ruh gelegt. Bei Mir und Meinem Unterstand ist stets gut Weilen, selbst der schlimmste Regen prasselt ab, wo Ich mit Meisterwürde dominiere und das Feld beherrsche, das Ich liebevoll und wohlerwogen vor den Wanderer gelegt. Wie alle bist auch du in die bedeutungsvolle Situation des Alles oder Nichts geführt von Meinen seinssensiblen Geisterscharen. Sie sind das A und Omen allen Weltgeschehens und halten die Geschicke aller menschlichen Gemüter in der Obhut ihres wissenden Gewaltens. Freie Fahrt ist gut für dich, doch nur im Rahmen dessen was die Weisheit deines Herrn genau für deinen Fall sich ausgesonnen. Siehst du das bist du gerettet und erkennst du Mich in deinen Gründen ist dir Heil und Heiterkeit des Himmels angesagt.

1.6

Rundum alles gut zu suchen und zu finden ist dein Schicksal und dein Wohl, sowie du dich als eines Himmelvaters Kind betrachtest und dich immerzu an seine grüne Seite schmiegst. Wozu denn weinen um die Macht der Gegensätze, die dich fühllos hin und her bugsieren, wo du doch die feste Haltung findest, die dich selbst, wie auch dein Werk, saniert in wundervollen Zügen. Wohl steht es dir an, deinem Seinsvertrauen nachzuleben und es förmlich zu geniessen in der Übersicht, die du damit gewinnst über deine selbstbewussten Taten, wie auch über alles Künftige das dir geschehen wird im Lebenschwingenden Allhier.

Mir ist es selbstverständlich, dass die Dinge, denen Ich zum Auferstehn verhelfe, auch gebührend reüssieren sodass sie allerseits mit Lob bedacht und ausgezeichnet werden. Keine Macht der Welt vermag Mich von den Plänen abzubringen, die Ich universenweit entwickelt habe, um das Einzelne voranzubringen und dem ganzen einen Touch von unermesslicher Grandezza zu verleihen.

Was Ich weiss und wissend in Mein Seinsgehaben lege wird von jedermann als überwältigend, unübertroffen und allweise akzeptiert.

Philomena singt im Grünen und spekuliert auf gute Tage, die ihr wie ein Sommerwindchen sanft entgegenstreichen sollen. Wenn sie doch nur wüsste, dass es *Meinem* Sinnen haargenau entspricht und dass ihr Aufwand Meiner ist im Universenweltgetriebe. Ihrer Tage Kommen ist Mein Untergehn und ihr Verblassen Meine Auffahrt in's Unendliche der Geistesregionen.

Eins in Allem Bin Ich unter ihrem ständigen Getuschel und Getue. derweil sie glauben gross zu sein in ihren mickrigen Reibereien und despotischem Befehlen. Ich aber Bin und bleibe stets was ihnen Glanz verleiht und Gottbegnaden, Aussicht auf Erfolg in lichten Höhn und Fabelhaftigkeit in der Bedeutung ihres wahren Seins und Wesens.

1.7

Klare Linien seh Ich durch den Äther ziehn und auf ihnen gleiten Geistesblitze in die Fernen Meiner kosmischen Natur. Was sie bedeuten ist dem Götterweltlichen bekannt in ihrem Drang Ideen auszutauschen und damit der Welten Gang und Glorie beständig und bewusst voranzutreiben. Was Mir beliebt zu inszenieren kann Ich jederzeit auch bleiben lassen in der ungeheuren Vielfalt die Ich aus der Fülle Meiner selbst schon seit Äonen produziere. Ständig leiste Ich Ersatz für das was Ich als unbrauchbar verworfen oder aufgehoben habe. Evolution birgt Risiken in sich und Traumatismen die sich in gnadenloser Götterwucht und wildbewegten Seins-gewittern millionenfach entladen müssen.

Trifft dich der Schlag, so hat er Mich zuvor getroffen, grollt ein Donner durch dein Reich, so ist er vordem grollend und gewaltend durch das Meinige gezogen. Was immer Ich Mir denkend forme formt sich unweigerlich zur wirklichen Gestalt und wenn sie zu nichts taugt, muss sie rasant zerstört und kein Gedanke mehr an sie verschwendet werden. Die Norm jedoch ist, dass Gedeihen Mich durchflutet und Gedeihliches, sich selbst verschönend, Parade läuft vor Mir und Meinem himmlischen Entzücken am Vortrefflichen das Ich erschuf.

Nun rede du und zeige Mir was zu erschaffen dir gelungen ist unter Meinem Fittich und mit der Hilfe Meiner himmlischen Gewähr. Ist es auch nicht viel verglichen mit den Meinen, so wird es von Mir als

Geschenk des Irdischen voll Freude angenommen und mit Meinem Götterelixier auf's Trefflichste belohnt. Du kannst daraus ersehen wie die Götter sehr darauf erpicht sind jede gute Tat mit Inbrunst zu belohnen als Ansporn dazu, weiteres voll Wonne zu kreieren. Das Schöpferfreudige an sich braust siegreich durch die Universenweiten und verebbt voll Grazie und Wohlgefälligkeit an deinen zauberhaften Ufern wieder.

1.8

Holdseligkeiten zu gebären zog Ich aus und kehrte reich befrachtet mit ereignisvollem Herzensjubel wieder. Ich sah die Sterne durch das Universum tanzen, sah die Farbennebel sich zusammenballen und verdrehn und widmete Äonen dem Erblühn des „Garden Eden" auf dem minikrimen Erdplaneten. Wo Ich waltete entstanden mächtig aufgetürmte Kuriositäten, wo Ich herrschend in den Geistraum stiess erstanden leuchtkraftsprühende Gebilde von gigantischen Dimensionen. Explodierende und in sich selbst zusammenstürzende Gestirne myriadenfach in's All getrieben kreisten um unzählige Pole, die sie sich im Kosmos durch ihr Eigensein geschaffen. Ich sah die Aberwelten genialer Geisteswesen sich im Universum etablieren, indem sie ihr Gedankensein verfestigten, bis es sich sehen und ertasten liess. Glanzvolle Götterbastionen begannen raumschaffend den Ideenreichtum zu entfalten, der sich explosiv aus ihnen drängte, neuen Wesenhaftigkeiten zu. Was sich bis zur Selbstentfaltung stilisierte muss im Zeitenlosen unaufhörlich weitergehn in energetischer Gelassenheit und majestätisch ausgeformtem Streben. In Myriaden Ballungen befinden und erfinden sich Intelligenzen sonder Zahl, die sich in liebevoll gestaltetem Zusammenwirken weltenschaffend auf's Erquicklichste verstehn. Ich aber, als das Ur-Sein über allem Götter-, Sonnen- und Planetenwerden, Bin Mich selbst in unerhört gelassen dargestellter Geistesruh und

Bin zugleich das Universenraum beseelende Agens der Güte in der Seinsstruktur. Sein und Sinn verströmen sich bis tief hinab ins Planetarische, auf dem Ich Mensch geworden bin und Mensch in dir als exemplarisches Gebilde reiner Himmelswohlfahrt, seelenvoller Wertbeständigkeit und immanentem Herzensfrieden.

1.9

Wo die grossen Meister zukunftsträchtige Ideen weben, herrschen friedenstrahlende Verhältnisse und eine Herzensgüte ohnegleichen im begeisternden Allhier. Ihnen ist vergönnt, das Alphabet der Hoffnung aufrecht zu erhalten auf das Überschwappen Meiner Herzensgüte allen Wesen zu, die gewillt sind Frieden und Gerechtigkeit, Schönheit der Gedanken und bewundernswertes Glück zu etablieren. Es sind die Menschen- wie die Götterreiche denen es obliegt, eine Ära der Vernunft, des Goodwills, des Gemeinschaftssinns und Handelns einzuläuten, die allumfassend ist, derweil sie bislang nur im mikerigen Ansatz existierte. Das Geglättete hat immer die Tendenz zu prosperieren und für alle einen Platz an der Myriadenkraft der Sonne freizuhalten. Die Freundschaft unter ihresgleichen treibt die Lebensgeister dazu an, ständig neue kristalline Punkte des erhabenen Begreifens wie der Seelenaugenfrische zu kreieren. Das Gesunde und Gerundete beginnt aus sich heraus liebreiche Güte zu verstrahlen, um so allüberall des Seinsvertrauens sagenhafte Würde, Wirksamkeit und Klasse zu verbreiten.

Die Rassen gibt es wohl in allen Sphären, doch sie lieben sich in ihrem Fortschritt wie in ihrer Dürftigkeit und helfen sich gezielt und dezidiert voranzukommen von der erreichten Stufe steil hinan zur nächsten, von Aussichtsreicherem zu Seelenvollerem im Universenreichtum Meiner Gnaden. Es gibt nichts Freundlicheres und Begnadeteres als das Sein, das alle, alle sind in ihrem ausserordentlichen Vorwärtsstreben. Auch dir, dem winzigen Geschöpf, ist dieser Zug zu eigen, derweil steht dir die Ära des Bewusst-Seins in allherrlichen Dimensionen noch bevor. Elysische Gefilde locken dich hinan und haben dich in vieler Hinsicht schon ergriffen liebevoll, wahrhaftig, morgenschön.

1.10

Wer traut sich heute schon devot und zugleich gottgesellig zu erscheinen? Und dennoch kann Ich dir verkünden: Jeder ist im Grund genommen rein und frei von irgendwelchen Sorgen, weil Ich in ihm der Meister aller Meister Bin, sowie der Seinsgeselle lieb und wahr. Ich trage, was zu tragen ist, mit unerschütterlicher Nonchalance im Mainstrom aller Zeiten, sowie in seinen Nebenflüssen, die die kleinen Wasser zu den Grandiosen transportieren. Für Mich gilt die Parole: Alles was *Ich* unternehme ist gesetzlich, reichlich und vom Gutsein wie besessen. Neider prallen an Mir ab, weil Meine Stärke immanente Güte ist an sich der Schöpfung gegenüber. Ich spreche leise, damit nur *deine* Ohren Mich zu hören scheinen, aber so verbreitet Bin Ich überall, dass Mich doch alle hören können. Nur verdecken sie mit ihrem eigenen Gebrüll Mein Wort und glauben damit besser zu verfahren. Siehe da, nach manchem Jahr wird ihnen übel ob dem frevelhaften Tun und sie beginnen wild um sich zu schlagen.

Nur dort wo *Ich* in aller Stille akzeptiert und anerkannt bin, webt sich Freude ins Gefieder und der Wahrspruch lautet: Gott ist gross in Mir und überschüttet Mich mit lichten Seligkeiten.

Es ging ein Mann spazieren und überlegte sich das, so und so. Und weil er nichts begriff und nichts als Klarheit und Gerechtigkeit ersehnte, kam er auf den rechten Weg, den *Ich* ihm wies in zärtlichem Hinüberlangen. Er hatte weiter nichts zu tun, als an den Ursprung seines Seins zu glauben und mit offnen Augen anzusehn, wie gut es für ihn war. Alles ging mit rechten Dingen zu und er hatte keine Mängel zu beklagen, weil er noch im Gehen in dem Herren ruhte der Allherrlichkeit und Unerschöpflichkeit, der Himmelstrautheit und der immerwährend strömenden, versöhnenden und liebevollen Lebensharmonie.

1.11

Du stehst in Meinem Lichte und verwunderst dich ob seinem reinen, unermessnen Strahlen. Es umwallen dich so zärtliche Gedanken, dass du hell beglückt und liebreich aufgeladen deiner Wege gehst durch's Tal der Demut, wie durch einen Zaubergarten. Nun bist du dir bewusst, dass deinem Wesen Unvergänglichkeit beschert ist in der Seinsgestalt, in die Ich es gegossen habe. Es weht ein feiner zartgestimmter Wind behutsam über dein Gefieder und besänftigt, was du Bist, in Meinem weit um dich gebreiteten Quartier. Von Engelschwingen bist du weit dahingetragen und erlebst dich in bewusster, wundersamer Ruh. Ich habe dich zu Mir gerufen, um dir das Künftige vorauszusagen, das du nun erleben wirst im Wachsen an dir selbst, wie in der Folgerichtigkeit die sich ergibt aus deinen Erdentaten. Komm und staune, wie gerecht und wohlgesinnt Ich Bin dir gegenüber, um dir, was du noch erreichen sollst in Meinem Reiche schmackhaft und plausibel, wohlerwogen und gewissenhaft bekannt zu geben. Meiner Liebe kannst du nicht entkommen und bist du schon recht weit davongeschwommen hole Ich dich ein und stelle dich zur Rede. Deine Tugend ist die ewige Jugend, die dich fähig macht, im langen Lernen Meiner Dispositionen deine Stellung zu verbessern in dem Himmelreiche dem du angehörst. Es weht ein frischer Wind durch deines Selbstbewusstseins Züge, dessen Sinn es ist, dich auszulüften und für neue Abenteuer Raum zu schaffen in der Zeit der Erdeninkarnationen. Dein Wesen ist für ewiges Bestehn geschaffen und Ewiges Bin Ich in dir. Sowie du dies erkannt hast, bist du Sein vom Sein geworden, das sich immerzu behauptet und verwandelt, auf- und niederfährt und Seinsvollenden feiert, frohgemut, elementar, freibleibend und gewissenhaft in Mir.

1.12

Meine Gnade schimmert durch die strahlenden Unendlichkeiten, die sich um das Wohl und Wachstum deiner Seele kümmern und ihr blühende Bewusstheit, Seinsvernunft, Beglückung und Erinnerung auf was du Bist bescheren. Lass dich von dem was *ist* beständig und inständig, wie von dem was *Ich* dir Bin, begeisternd überzeugen, denn, gehst du in die Tiefe deines Seins wirst du dort unvermittelt Meine Höhen finden. Die Ansicht von dir selbst und deinem Leben wird umgewendet wie ein Handschuh, und du gewahrst, dass das was innen war das Eigentliche darstellt an des Daseins Band und Rand und Blüte.

Du mutierst zu einem Kenner der verschwiegensten Gesetze, die ständig von Mir ausgehn und welche Erd und Himmel zieren. Ich halte deinen Forscherwillen hoch in Ehren, doch in Meinem Labor werden dir die Lebensdinge wie von selber offenbar und du zehrst verwundert von dem wunderbaren Glanz den sie verbreiten. Es lohnt sich hundertfach, bei Mir und keinem andern einzusteigen, denn was Ich weiss ist bei niemand anderem zu finden. Somit Bin Ich fähig, dir den Fortlauf deines Seins und Sinnens bis ins letzte Detail zu erklären, damit du an dir selber dich verstehst, wie an der grossen, weiten Raumwelt, die zu allem, was du Bist, gehört von allem Anfang an. Nimm dich nun zusammen und vertiefe dich in jede deiner Angelegenheiten, damit dir klar wird, welche du befördern und welche du verwerfen sollst in deiner Akribie zu scharren und was du zutage förderst innig zu geniessen.

Lass es dir gesagt sein, dass noch immer über deinem Willen Meiner liegt, der das Verstreute sammelt und aus dem vielen Eines macht in einem wundertätigen

Zusammenspiel. Das ist dann die wahre Welt, die Ich allein betrachten kann als Werk der Werke, Heldentat der Heldentaten wie als alldurchdringendes und allbeglückendes Euphorium.

1.13

Es sollte dir plausibel sein, dass Hasenfüsse schnell und zugleich feige sind. Sowie du rennen willst, soll es behende nach dem Ziel sein, das Ich Bin und dessen Wesen sich verbirgt in einer Feuersäule, die sich vor dir her bewegt im selben Takt, Getuschel und Getriebe. Du wirst sie nie erreichen, aber günstig ist sie als ein Zeichen das dich in die Gottesnähe führt in Universenweiten.

Deine Lage ist perfekt, sowie du dich an nichts mehr festzuhalten suchst und nur noch Haltung an Mir findest in der geistigen Struktur. Möchtest du dich weiterbilden, hangle dich an Mir hinan zu Meinen hochsensiblen Aussichtspunkten, wo sich dir die Rätsel deines Lebens wunderbarerweise lösen. Es geschieht, dass deine Seinsbefangheit sich als Benebelung erweist, ob deren Sinken sich dir ausserordentliche Dinge offenbaren. Du gewinnst die Einsicht in dein Wesen, die ein jedem frommt, der Mir wie sich durch Generationen treu geblieben ist im rabiaten Lebensspiel. Du schlenkerst nicht mehr mit den Armen, sondern hebst sie weit zum Dank empor, derweil du dich als Seinsverklärter und zutiefst mit ihm Verbündeter gewahrst. Dein Wesen ist dem Meinen gleich geworden bis ins letzte Detail und dein Sein und Trachten atmet überaus gefällige Glückseligkeit in warmen, vollen Zügen. Die Schale ist gebrochen und der Kern entpuppt sich als ein sonnenfeuriges Gestirn, das sich dafür verwendet Universenfülle zu bewirken und in ihr vor Wonne zu vergehn.

1.14

Kronprinz deiner selbst bist du inzwischen federleicht und seinsgewiss geworden. Jeder deiner Schritte ist von Mir gesegnet und mit Wohlverstand begabt. Süsse des Gestaltens treibt dich feurig an und vermählt dich mit den Dingen, die du liebevoll erschufst. Nie genug zu kosten kann Ich Mich Mir selber geben, indem Ich dich mit Meinem Sein begabe und dich damit an Meine Göttertische lade. Es schwellen die Segel, es rauschet das Meer und du gehst, glückselig, übermütig und verwandelt vor Mir her.

Ich verschenke alles, was Ich Bin und habe, an Mich selbst, indem Ich dir die allergrösste Seinsgefälligkeit erweise. Du bist wie Ich vom selben muntern Heil umflossen und befindest dich damit in einem Gnadenpool. Du darfst dir eingestehn, dass *Meine* Sinne dich beleben und dass die Lauterkeit in Meinen Sphären vollumfänglich dir gehört.

Was ist das für ein schönes Hochgefühl zu wissen, dass alle Dinge deines Lebens auf der sichern Seite liegen. Unvergänglichkeit ist ihrem Sein beschieden und unerschöpflich sind die Seinsressourcen mit denen sie sich stählen. Weisst du was? Ich will dein Vetter sein, damit wir alle beide frohgemut und ungeniert vom selben Kuchen zehren können. Es gibt kein Wunder, das so gross wie dieses wäre: Seinsbewusstheit zu erlangen in der Wiege deiner Zeit, sowie im Wachraum der Unendlichkeit in vollen, runden Zügen. Niemand ist so stolz wie Ich auf seines Seins Gefieder und dabei so lächerlich, dies alles zu verschenken. Was ist dabei die Logik? Ich schenke es Mir selbst, dann kann Ich frei und selig atmen im Bewusstsein Meiner Güte und Gerechtigkeit, Meiner Weisheit wie dem wonnevollen Lächeln auf den Meisterzügen.

1.15

Wer übt sich am allerbesten in der Kunst zu sein und dabei alles, wessen er bedarf, um sich zu scharen? Ich natürlich, und was weiss Ich noch von Mir zu sagen? Deiner will Ich auch bedürfen, und um das zu tun, muss Ich in dir nach Augenhöhe streben. Deine Wurzeln sind noch nicht final in Mir gefestigt, deine Wachstumsschultern schmal und deines Herzens wallende Verfügbarkeit kann Meinem Anspruch lang noch nicht genügen. Ich aber kann aus träfen Gründen nicht darauf verzichten, dich zu stärken in der Liebesglut für's Leben wie in der Beharrlichkeit, mit der du Meinen Spuren nachgehst, weltlich, überweltlich loyal betrachtet ohne dich zu schonen.

Wie verläuft dein Leben? Vielverschlungen, kapriziös und turteltänzerisch bis vor den unerbittlichen Final. Ich aber pflege schurgerade Linien einzuschlagen, oder dann gewaltig ausgespannte Kreise zu begehn. Meine Worte sind Legion, die dich willkommen heissen in dem Reich der guten Geister, die sich vor dem Seinsaltar versammelt halten. Auch du bist dazu eingeladen, Meiner zu gedenken in der gütestrahlenden Bravour, mit der Ich den verehrenswerten Geistraum seinsbewusst belebe. Stellst du dich Mir vor, so kann Ich deinen Scheitel mit dem Lorbeer der Holdseligkeit bekränzen und dein Herz zum Brennen bringen Meiner Grazie und Liebenswürdigkeit entgegen. Immer bist du, was du Bist in Meinen Augen wie im Augenblick, in welchem du dein Sein erkennst als Meines in den lichterfüllten Universensphären. Nichts weiter brauchst du dann zu sein, wenn du vollends von Mir getinkt bist und wenn dich die Farbe der Gottseligkeit beherrscht in wonnevollen Zügen.

Alles was du willst hast du mit Mir gemein, du brauchst nur tüchtig zuzugreifen und im richtigen Moment den Eigendünkel abzuwerfen, der dich noch beseelt. Dein ist Mein Segen, dein die Seinsglückseligkeit im unermessnen Seinsgenügen.

1.16

Grossgläubig, gutmütig und ergeben sollst du sein in deines Schicksals Wetterwendigkeit, Bedeutung und Erhabenheit in Einem. Du sollst in Meinen Spuren Siegessicherheit und Meisterschaft, Bewusstheit, Heiterkeit und Güte offenbaren, die Mir angemessen sind im Wunderbaren. Jeder deiner Schritte ist ein Plus zu Mir im Gang zu lichten Himmelshöhn, die Ich seit Urzeit seinsgerecht bewohne. Mach dir nichts vor, indem du deine Lebenssituation als schön bezeichnest, oder als passabel. Vortrefflich und elysisch kann sie nur gedeihen unter Meiner gottbegnadeten Regie. Gehst du voran, so tue Ich es auch. Wird ein Lebensfaden durchgeschnitten, ist es alleweil von Mir getan. Wie kannst du da noch an der Kompetenz und Wirkkraft Meiner Gegenwart und Güte zweifeln, wie aus der Schule plaudern, was Ich als Geheimnis dir vergab? Wunderbar diskret muss, was zwischen uns geschieht, behandelt werden, denn es an die grosse Glocke hängen bringt nur Wirrsal, Differenzen, Neid und Leid auf das Tapet. Überhaupt sind Meine Räte das Berufenste und Seinsgediegenste, um deine kritischen Bestände zu entschärfen und sie trotz aller Instabilität dem guten Ende zuzuführen.

So bin Ich denn geheimnisvoll die Mitte deines Wesens, B in dein Herr und Gast und leite und geniesse den von aller Welt geachteten Betrieb. Du brauchst dich nur an das probate Mittel, Muster und Geleit zu halten, um in seelenvolle, schnittige Fahrt zu kommen auf dem federleicht gewellten Lebensmeer. Es gilt, von Meinem Sinn gestärkt, die schweren Dinge leicht zu nehmen und dem Aufwall deines Schicksals mit Gelassenheit und Würde zu begegnen. Alles liegt an dir und Mir im selben Zuge und gedeiht zur Seinsglückseligkeit nach unsrer beiden Recht und Richtung, Sinnspruch und Befehl.

1.17

Gang und gäbe ist des Seins Umfangen in des Menschen göttlicher Natur. In keiner Weise musst du bangen auf des Lebens sinuöser Spur. Was dich pufft sollst du Mir nie verpuffen lassen, denn es ist der Ansporn stets zu neuen unerhörten Taten. Ich Bin es, der sie will in deinem Häuschen, Hof und Flur und der sie leitet liebevoll und still in deinem warmgefühlten Herzbewegen. Hast du Bedenken, sieh nur zu, wie Ich sie dir bedenkenlos zerstreue. Es darf nicht sein, dass auch nur einer Meiner lieben Brüder Dürftigkeit und Einsamkeit in seiner Not erleidet. „Gott befohlen" sei dein innig angesetzter Ruf, und schon bist du in Sicherheit im Bewusstsein Meines Gnadenstroms und Meiner unerschütterlichen Güte. So ist es, wenn du rechtens und gewissenhaft mit Mir verkehrst als Wanderer im Tal, aus dem Ich dich in Meine lichten Höhen führe. Du darfst noch immer hoffen selbst in brausenden Gewittern darauf, dass Ich dich von ihrem Bann erlöse und dich führe in Mein Zelt der tausend Wohlbekömmlichkeiten wie des liebevollen Sich-Verstrahlens Meiner Ich-Natur. Linde Lüfte wollen deiner Seele Zärtlichkeiten sagen in den Gärten Meiner Ruh, und du darfst dich mitten unter ihnen als ein Prinz der guten Hoffnung wie der Gleichgesinntheit mit den Wesen fühlen, die sich an ihren Düften schadlos halten. Du erlauschest dir in Zukunft jeden innigen Befehl, den Ich dir behände hinter's Öhrchen appliziere. Es ist Mein Ruf nach Seinsgerechtigkeit und Frieden, der im Umkreis deines Herzens widerhallt in langgedehnten Zügen. Ich Bin es der sich will in deinem Wohlgewissen etablieren und dir Glückseligkeit bereiten unterm Sternenheer.

1.18

Es glänzt was glänzen muss in deinem Herzen, es sprudelt dir Holdseligkeit entgegen, wenn du Meinen Namen, innig lächelnd buchstabierst. Es ist der Gott der Anmut der dich so berührt, der Allgerechte, dem du trauen kannst durch alle Böden und der dich nie verlässt, selbst in den peinlichsten Begebenheiten. Stellst du ihn vor deinen schwerbeladnen Wagen, zieht er ihn mit Nonchalance dahin. Welchen Zielen er damit entgegenstrebt, kannst du ruhig seiner Weisheit überlassen, was er für dich ausersehen hat, mündet in die Einheit aller seiner Wundertaten.

Zu was immer Ich dich felsenfest verpflichte, sollst du willigen Herzens tun, weil es nur eines ist: das Beste, das Ich dir verehre. Mit Mir mach auf, mach zu, was immer dir beliebt, am Ende wird es reiche Früchte tragen. Wendig wirst du sowieso, doch will Ich dich darin bestärken, dass du manche klare Wende willentlich und wissentlich vollziehst, um Meines Willens Willen und um unbedingt in Meinen Diensten auszuharren, bis dein Soll erfüllt ist makellos, beseligend und sonnenklar.

Einer Sendschrift bist du unterzogen von berührend aufgesetztem Klingen in den Ohren Meiner wohlbesetzten Pilgerschar. Sie enthält, was guten Glaubens und Verehrens Meiner Dignität und Würde auch getan und abgehalten werden kann, um nichts und niemand zu verfehlen in der grandiosen Pilgerschaft zu Meinen höherwertigen Gefilden, die sich vordem keiner noch besah. Mit Mut und Kraft der Überzeugung sollst auch du dich auf den Weg begeben der dir frommt und der von Mir gezeichnet und geebnet ist unmittelbar zu deinen auserlesnen Gunsten. Was du auch nicht kennst, ist in Mir felsenfest und wahr und was du kennen wirst wird dir zur reinen Herzensfreude dienen. Mein Los ist leichter als du denken kannst und Meiner Engel Schwingen tragen dich dahin, wo nur noch Seligkeiten dich umströmen und dir wunderbare Tröstung sind für alles was du je erlitten und erstritten Jahr für Jahr.

1.19

Mit Weisheit begabt und auf Flügeln getragen begibt sich der Meister ins Irgendwohin, wo ihm Frieden beschert ist und Ruhe des Herzens im stürmenden Meer. Ich segne sein Wachen und segne den Schlaf der ihn stärken und heilen soll von geschlagenen Wunden. Mein liebreicher Arm schenkt ihm zartes Umfangen und sänftiget seine Beschwerden. Aus Schwere wird Leichte, aus Kummer wird Lob für die herrschende Weisheit und Trost für des Herzens Moral.

Wer kann denn ermessen wofür sich die Dinge ereignen, wer fället ein Urteil à part von dem Meinen? Nichts ist gestattet, es sei denn *Mein* Wort und nichts sei gesprochen in massloser Stille, es sei denn von Mir. Ich gehe vorüber und sichle das Gras, Ich wende Mein Antlitz und wende es ihm wieder zu. Was weisst du von Gründen, die deinen Willen zum Unheil verführen, wie sagst du dem Meister, dass etwas unrichtig war.

Niemand gibt sich geschlagen, der in Mir beheimatet ist und dem *Meine* Pulse das Herzblut bewegen. Er rafft sich auf nach dem Fallen und fügt seinen Wunden Besänftigung zu. Ihm lass Ich die Friedensglocken erschallen und heile sein schmerzliches Weh. Getröstet wird sein, wen Ich mit der lindernden Tröstung bediene. Erheben wird sich der Gezeichnete Mir zu, aus des Herzens Vertrauen vom wallenden Wüten. Die Liebe lässt Lieder erklingen; Mein Lächeln will Sorgen verwehn und das Deine schenkt stilles Erbarmen denen die leiden und lassen sich gehn. Elegischem Trauern entstiegen befreit sich der Weise vom Weh und lässt sich von Mir ins Elysium führen. Dort blaut ihm der Himmel, dort lächelt die Sonne ihm Freude und wärmende Labung entgegen. Sein Herz ist voll Loben und Danken, und heiter die Seele im Glückruf des Seins und des Himmels Erbarmen.

1.20

Vollnatürlich und gediegen betreten die Musikanten den Plan und singen und spielen dem Volke was vor. Es tanzet und jubelt im Takte und fühlt sich glückselig im

Rausch des Vergessens wie in der Benedeiung, die *Meiner* Hände Werk ist im schütter gewordenen Weh. Wessen Wille wird hier wirklich, anerbiete Ich Mich intensiv zu fragen? *Meiner* in der Wohlgestalt des deinen, ist die rechte Antwort für dein rätselhaftes Leiden. Was alles willst du noch erfragen, wo die Antwort ständig lautet: Gott ist es in seinen genial gestalteten, hilfreichen Interventionen. Wieso denn trennst du dich von Mir, wo du doch wissen solltest, dass gerade das der Urgrund aller deiner Übel ist. Baden sollst du dich im universenweit um dich gebreiteten Gedankenmeer, um dich von zweifelhaften Stimmungen und Niederschlägen zu befreien. Ich sage dir, in *Meinem* Reich und Reichtum geht die makellose Ordnung vor. Alle Wesen sind in Harmonie gekleidet und erhabene Kultur. Nur Ich Bin Meister und Bin hochverehrt von allen, die sich gläubig und glückselig an Mich schmiegen. Keine Wonne ist so gross wie die, Mein Sein zu kennen und es als das ihre zu benennen in der glorios gewordenen Geschichte ihres Menschenlebens. Wo du auch hintrittst gehst du über heiligen Boden, und wo die Ehrfurcht dich ergreift, beflügelt dich der Anblick Meiner Daseinsqualität. Wo immer du Mich findest, hat sich Bedeutendes in's Spiel gebracht und wo du deine Kleinheit überwindest wirst du deines wahren Seins gerecht im Wunderbaren.

Mir allein erlesen darfst du dich vertrauensvoll selbst auf das dünnste Eis begeben, denn Meinem Segensspruch gemäss bricht es nicht ein und trägt dich sicher in die wonnevollsten Fernen. Mein Gebot sei deine Zierde und sein Befolgen deines Liebeskummers Ende, Meinem seinsbarmherzigen Umfangen zu. Es braucht nur das Versinken in das strahlende Bewusstsein dessen was Ich Bin und schon bist du in's Sternlicht des Elysiums erhoben. Gerade dir tut's Not, dich voll in Mir zu fühlen und in Meines Seinsgewissens Wunderbad.

1.21

Wo anders als in Mir wird jemals echte Freude sein, denn Ich allein Bin dem Vergänglichen und Irren ein für alle Mal enthoben. Meine Werte sind nicht zu bewerten, denn es sind unendlich viel und was Ich Bin auf dieser Erden ist noch lange nicht Mein einzig Spiel. Der Geistraum, den Ich um Mich breite, ist reinen Lichtes Zärtlichkeit und Wohlbehagen, das sich in sich selbst erkennt in der Gefühlskraft, die Mir eigen. Da kannst du lange schwafeln von Erscheinungen und Fraternationen, Ich Bin der einzig Sichere im Urteil über Mich und Meine sagenhaften Qualitäten. Kennst du das Sprüchlein „Gott ist gross", das viele Gläubige auf ihre Wimpel schreiben? Ich Bin noch viel viel grösser und geniesse das bedeutungsvolle Vorrecht, alles zu besitzen was da *ist* und ihm unablässig Neues zuzufügen aus der Innovationskraft die Mir eigen.

Konstruktiv zu sein allein genügt noch lange nicht, um überragend und gebieterisch zu reüssieren. Es müssen alle Fäden die da sind geschickt zusammenlaufen zu dem einen einigenden Werk, das Ich allein Mich zu vollbringen fit und koscher und berechtigt fühle. Stösst es dir noch so sauer auf, dein Ich ist mit dem Meinem nimmer zu vergleichen. Es ist ein minimaler Abglanz und Laternenfisch von Meinen Zügen, die das Universenlicht auf ihrem Scheitel tragen. Was du endlich merken solltest ist, dass alles, was aus dir so selbstvergessen strahlt, Bin Ich mit Universengeistigkeit geladen. Dein Befinden ist das Meine ganz und gar und deinem Niedergang ist Meines Aufstiegs Glorie im Seinstriumphe angemessen. Vom Hier zum Ewigen sollst du dich wenden, von deiner Aufgeplustertheit zum minikrimen Keim des Göttlichen, der in dir wächst und wächst bis er dich übersteigt und dich vollends am Zügel hält mit allen deinen Waren im vollendet dargestellten Seinsgebaren.

1.22

Was dich wahrhaft trösten kann ist *Meiner* Sanftmut, Sorglichkeit und Zartheit zuzuschreiben. Nicht lange brauche Ich zu überlegen, bis Mein wieselschneller Wille eingreift, wo andere noch mit erheblichen Befürchtungen und Bedenken ringen. Das Leben ist kein Kopfsalat, den du erpressen kann, bis er von Dürrheit strotzt und keine Hoffnung auf Entfaltung mehr besteht. Was Ich immer zu verbreiten trachte, sind des würdigen Benehmens Strategien, wie des Hilfeleistens Wille überall wo Not ist und erkleckliche Gefahr. Mein Werk kann erst durch dich zur strahlenden Vollendung und bezauberden Ertüchtigung gelangen.

Wie kommt es, dass du solcher Würde würdig bist vor Meinen Götteraugen? Weil ein Strom von Güte fliesst von Meinen Adern durch dein Sein, was dir die Zärtlichkeit verleiht, um liebend und liebkosend einzugreifen, wo ein Wesen Mitleid, neuen Lebensmut und Linderung benötigt. Du kannst ja nicht ermessen, wie erlöst und froh Ich Bin um jede Geste der Barmherzigkeit, die ohne langes Fakeln liebevoll aus deinen Händen strömt, um aufzuheitern wo die Trübsal herrscht und Schmerzendes mit Mitleid zu versiegeln, damit wieder Freude herrsche in des Daseins hoffenden Revieren.

Armseliges und zwitterhaft Gewordenes mag Ich nicht leiden. Ich will, dass alle Welt das Leben freudevoll empfängt und es in feiner Art geniessen kann vor Meinen väterlichen Augen. Bist du in allen diesen Punkten mit Mir einig und loyal, kann Ich dich vertrauensvoll und gütig in den Wirkkreis Meiner Engelschar erheben und dir Stirn und Wangen mit dem Siegel des Gerechtseins und von Mir Geliebtseins wunderbar bekränzen. Deine Hände sind zu Meinen und dein Lippenpaar zu Meinem Lob gediehen in der Grazie der Himmelweiten.

1.23

Mit Abstand allem überlegen sollst du werden, was als minder, schickanös und räuberisch bezeichnet werden muss in den Annalen einer Welt, die von Mir in paradiesischem Genügen, Fortschritt und Gedeihen unterhalten werden will. Überlegenheit ist Stärke, doch sie darf niemals in Verachtung münden, weil allen Menschen Anspruch auf Beachtung dessen was sie *sind* gebürt. Ich Bin mit jedem Wesen allertiefst verbunden und sehe Mich in der bedeutungsvollen Pflicht, es zu erziehen und entfalten, liebevoll und wunderbar. Seine Fehler habe Ich im Nu zu korrigieren und du kannst gewiss sein, dass Ich dies mit aller Konsequenz und und Schärfe tue, genauso, wie es wahre Besserung bewirkt für alle Zeiten. Damit sind auch echte Perspektiven auf die Heiligung der Welt gegeben, denn ein solches Unterfangen kann nur von dem geleistet werden der sich Universenschöpfer und Behüter nennen kann, und der Bin Ich in aller Konsequenz und Güte, Weitsichtigkeit und Toleranz, die Mir auf's Grandioseste zu eigen.

Spürst du Meinen Willen, lass den Deinen los und schmiege dich in Meine weichen Schalen der Barmherzigkeit an deinem Schicksal und Befinden. Ich will dir wohl, trotz aller Härte, die Ich dir erweisen muss, um dich voranzubringen und um dein Wesen unentwegt zu wunderbarer Schönheit und Gelassenheit zu stilisieren. Meine Stärke ist es, deine Schwächen in Erfahrung, Seinsbesonnenheit und Weisheit umzuwandeln, damit deine Lebenszeit nicht ungenutzt verstreicht und deine Glieder nicht in Unmut vor dir selber schlottern müssen. Leiste dir was grandios sein soll in deinem Leben und lebe mit der Einsicht, dass allein der Weg mit Mir zum märchenhaften Aufstieg und glückseligmachenden Erfolgen führt. Du bist in Mir und Ich in dir von Anfang an auf's Liebevollste und Erhabenste geborgen.

1.24

Die Lust mag lustig sein, doch die Unlust folgt ihr auf dem Fusse, wenn jene nicht beherrscht wird und wenn's sein muss, mit unendlichem Entsagen. Was du Bist und was du tust wird dann von Mir bestimmt in ausserordentlich geschickten und bewundernswerten Operationen. Sie segnen dich, sie formen dich und veredeln deinen Seeleninhalt unaufhörlich und final. Du sollst auch zur Gewissheit kommen, dass der Sinn des Lebens nicht nur im Erhalten und Vermehren deiner Art besteht, sondern in der Evolution des menschlichen Bewusstseins von sich selbst wie von dem Universenreich in dem es sich bewegt. Ich habe, was da *ist*, vor Urzeit angestossen und nun muss es sich für Ewigkeiten fort und fort bewegen, immer grösserer Komplexität und Seinsgeselligkeit entgegen. Auch du bist zweifellos mit deinem Wesen ins Unendliche geflochten, und hast es zu verteidigen und alleweil zur höchsten Blüte und Erhabenheit zu stilisieren. Sieh doch wie ist dein Daseinslauf in diesem Sinne licht und schön und wird von dir wie Mir auf's Zartste ausgekostet und erlebt.

Dabei laufen alle Fäden, sind sie noch so zahlreich und verschiedenfarbig, feingefügt und resistent bei Mir zusammen und sind so vereint zu einem ganzem von unsäglich meisterhafter Majestät, die nur das Lichte kennt, den Fortschritt und desgleichen das beglückte Weilen in der Seligkeit Elysiens.

Dein Geist, o Mensch, muss wachsen an der zauberhaften Schönheit der Erkenntnisse die ihm zu eigen, wie an der Einsicht, dass du Geist vom Geiste, Sein vom Sein bist in unendlich reichen, reinen Kombinationen und Verästelungen. Das verwandelt deines Wesens Willenskraft und Strategie zu einer Glorie des Wirkens ohnegleichen, die im Götterstil verläuft, sowie in der Bewunderung und seligmachenden Erlesenheit der Himmelssphären.

2

Meines Gotteswillens Sinn

2.1

Meinerseits ist deinerseits in allen Regionen warmen, plastischen und überragend ausgeformten Lebens. Du musst Mir nicht behaupten wollen, dass du einfach so die Arme schlenkerst oder in der Stadt herumspazierst ohne dass dein Wille grünes Licht dazu gegeben hat. Und was ist dein Wille letztlich? Meines Gotteswillens Sinn und Flor. Natürlich ist es dir gestattet, anderes als was Ich will am Laufband zu vollbringen. Doch dann ist es ungewiss, ob es auch gelingt und dir, wie aller Welt, zum Heil gereicht und zu manierlichem Genügen. Die Unité de Doctrine ist sowohl in Meiner Hemisphäre das probate Mittel, um Erfolg die Menge zu erzielen.

Wo aber geht die Reise hin wenn du dich Mir und Meinen Operationen gänzlich weihst in wunderbarem Alles-zu-Mir-Tragen. Klar, du hilfst in diesem Fall das Dach der Welt zu tragen, das die Menschheit schützt vor Ungemach, Empörung, Willkür und erbärmlichem Getuschel von Versagen, Angst und Not. Positiv und hilfreich sollst du sein, und wenn auch nur die Hälfte sich an diese Formel hält so wird die andre Hälfte bald von ihrer Dürftigkeit befreit und glücklich sein in ihrem neuen Leben. Die Übel kommen nicht von Mir, sie sind jedoch Gesetz, um Aufwall, Meinungsbildung, Katharsis und Besserung zu bewirken. Die Einsicht in dein Wesens Instabilität und Zwitterhaftigkeit gereicht dir schliesslich doch zum Wohl und befreit dich von enormen Sorgen. Du findest Trost im Gutes-Tun an dir und aller Welt und wirst dein Konto bald in diesem Sinne als erfolgreich überschlagen. Willst du die Welt verbessern, fange bei dir selber an und mehre die Dynamik, mit der du deine Boutique in des Gottes Wissenschaft und Heliozentrum, Sagenhaftigkeit und Grazie betreibst. Bist du in ihm so ist er auch in dir der Feldherr, Animator und Vollbringer gütestrahlender Synthesen.

2.2

Wie zögerlich musst du noch werden, bis du einsiehst, dass es so nicht geht und dass du Meiner liebevollen Hilfe dürftig bist in deinen vielverschlungnen Eskapaden. Es ist ein Unding, ohne Mich und Meinen Einfluss sein zu wollen, denn dieser ist ja immer da und will von dir partout nicht wahrgenommen werden. Immer bist du von Mir dazu aufgerufen, das Versäumte nachzuholen und dich zu den Seinsvernünftigen und Geistgeführten zu gesellen. Ich mache Mir nichts vor, wenn Ich dir dies besage, doch du pflegst dich jahraus jahrein mit falschen Vorstellungen und Versäumnissen zu betrügen. Sieh doch wie Ich im Strahlenlichte vor dir steh und deinen Lebensdingen einen sagenhaften Glanz verleihe, sowie du Mir Beachtung und Vertrauen schenkst in allen deinen Zügen. Was du dir Bist nimmst du gebürend wahr und was du lcistcn sollst in Mcinem Reich wird nimmermehr von dir gemieden werden.

Ohne Zweifel schwebt auch über deinem Haupt der Wind der Wahrheit hergeweht aus Götterregionen. Du brauchst dich nur von ihm berühren und in deiner Wut besänftigen zu lassen und schon fühlst du dich gesundet und gestärkt für die Erfüllung deiner diffizilsten Angelegenheiten.

Nichts ist unter deiner Würde, was Ich vor dich hingelegt und nichts befördert dich so sehr als was aus Meinen Händen kommt, um dir schlussends zum Heile zu gereichen. Offensichtlich ist Mir sehr daran gelgegen, dich mit Mir im Bund zu sehn vor allem in den irdischen Belangen, weil du in ihnen Meiner Hände Werk vollbringst in Diensten die die Welt und auch das All betreffen. Sonnengleich sollst du durch Mich beständig über deinen Werken stehn und ihnen damit Sinn und Süsse, Wohlgestalt und Liebenswürdigkeit verleihen. Das ist dann die Erfüllung Meiner Träume von der edlen, seinsgefälligen Welt die Ich in guten Treuen ständig propagiere. Du bist ein Teil von ihr und hast die Pflicht,

dir Meinen Segen zu erbitten, um gezielt voranzukommen und in Meiner Obhut Wundertaten zu
vollbringen, die vor aller Welt in Würde und
Gottseligkeit bestehn.

2.3

In Liebe geboren in Liebe geführt darfst du Mein Reich
und Meinen Reichtum schon in dieser Welt wie's heilige
Elysium betreten. Du machst dir keine Sorgen mehr,
sowie du dich in Mir vollends geborgen siehst und wie
von Engelsflügeln überweht. Was auch für Ungewitter
dich bedrohen mögen, nur deine Füsse stehn in ihnen,
dein Haupt jedoch erlabt sich an den schönsten
Sonnenstrahlen. Was sich in dir verbreitet ist eitel Wonne
am Geschick, das Ich dir väterlich wie mütterlich
verliehen habe. Wie durch einen Paradiesesgarten
schreitest du in der gottseligen Natur, sowie du Mich in
dir erkannt hast als der gütige Retter in der Not wie der
Besänftiger der hochgewallten Herzenswogen. Nimm es
zum Gleichnis, wenn Ich dir das Wörtlein „Liebe ist's"
in aller Form in deines Herzens Heimlichkeit besage und
lieben sollst du jeden Lebenshauch der dir begegnet
seelenvoll in's Licht getrieben.

Leicht ist die Bürde die Ich auf dich legte, doch du
machst sie schwer, weil du Mir nicht vertraust und
vorhast deine Dinge selber an die Hand zu nehmen. Das
muss ja schief gehn, sag Ich dir, denn jede Karre ohne
Lenkung landet bald einmal im Graben und jeder
Schüttelreim wird ohne ordnenden Verstand verderben.
So wie du bittest, bringe Ich Mich rasch ins Spiel, um
dich mit göttlichem Gedankengut in Fülle zu versorgen.
Das ist dann die Geburt des Ewigen in dir, an dem du
deine innige Freude findest, weil es sich so lauter, rein
und unbeschwert in dich ergiesst, um dich mit
Liebefähigkeit und Heiterkeit, mit Zuversicht und gutem
Willen zu versehn. Willst du auf's Ganze gehen, geh nur
auf Mich zu und du wirst Meiner Grazie gewahr und

sichtig werden, voll Begeisterung und Andacht, Lebenstüchtigkeit und mit dem Willen gut zu sein, der ewigen Glückseligkeit entgegen. Höre und erhöre was Ich deinem Herzen suggeriere wohlerwogen und final.

2.4

Was kommt dich an wenn du Mir deine Hände überlässest, um ein grosses Werk nach Meinem Willen zu errichten und zur vollen Schönheit aufzuziehn. Es ist die Schönheit des gesteigerten Vertrauens, die sich in dir breit macht und die in sanftem Licht aus deinen Augen strahlt. Nie wieder sollen Ängste dich durchbrausen, und scharlachrote Feuer dich erschrecken, weil Mein Schutzschild gütestrahlend über deinem Haupte steht. Ist dir Meine stete Gegenwart bewusst geworden, lässest du dich gerne von Mir hüten und vom zarten Glanze Meines Kräftewallens liebevoll bescheinen. Du wirst von Mir im ersten Rang gehalten und auf's Fürstlichste bedient, derweil dein Glaube wächst und wächst bis in die höchsten Himmelsregionen. Nicht morgen, sondern heute vor dem Abendsonnenschein, soll das geschehn, damit dein Faden der Geduld nicht überspannt wird und gar zu zerreissen droht.

Es kündet sich dir Gottesweisheit an, von der du wirst in Fülle Freiheit zehren. Je inniger du bist an Mich gebunden, um so delikater ist die Ungebundenheit in der du dich erfühlst, weil es die Meine ist in universenweit verbreiteten geheimnisvollen Zügen. Es kündet sich dir eine unbedingte Seinsbewusstheit an, die keine Schauer sondern nur die Dauer kennt in wunderbar gescheffeltem Genügen. Was du dir Bist wird ein- für allemal vor Meinem wie vor deinem Geistesauge offenbar. Du hast den Mut dich mit den Geistheroen aller Zeiten auf demselben Höhenpfad zu messen, um dann selbanderisch mit ihnen durch die Pforte des Elysiums zu schreiten. Was du dir je ersehntest ist nun wahr geworden und was dein Wille will ist, Meinen zu erfüllen, in der vollen

Einsicht in Mein Wirken und Mein Weh, wie in Mein seinsglückseliges Gefieder.

2.5

In gerader Linie stammst auch du vom Gottesstamme ab, den Ich unübersehbar vor dir aufgerichtet habe. So einfach ist es doch für dich zu sagen „Ich bin Gottes Kind, er ist mein Vater", doch mit diesem Ausspruch richtig umzugehn, fällt dir unendlich schwer. Du sollst ja endlich auch erwachsen werden und dich als Gottessohn betrachten und als Gottestochter ohne wenn und aber, einfach so. Vermagst du dich aus dieser Perspektive anzusehn, wirst du um deine Zukunft nimmer bangen, denn sie ist ja in dein Herz geprägt als Sehnsucht und als Zug zu Mir und Meinen Herrlichkeiten. Deiner Einsicht wird durch Jahr und Tage ein seelenvolles Wachsen folgen in den Sparten Seinsvertrauen, Lebensliebe und Behutsamkeit im Umgang mit den Wesen dieser Welt wie jener. Es überkommt dich eine zündende Idee, bei der du dich daheimfühlst und an der du wachsen kannst in vollen runden Zügen. Es geht um deine Existenz und um den Sinn bei den nie endenden Versuchen gut zu sein und tapfer, integer und der Geistwelt gegenüber loyal.

Die Bedingungen sind klar und deutlich ausge-schrieben, die du erfüllen solltest, um gehörig in Mein Reich und Meine Räume zu gelangen. An allem magst du dich erlaben, was Ich dir verehre, wenn du nur die Augen offen hältst für Schönes, Edles und Bewundernswertes überall im Leben. Wie heisst es doch, es sei, dass aberviele nicht mehr über ihre eignen Fehler stolpern und dass sie sich bekehren in der Weise der Verliebten in Mein Werk an ihnen und der Welt im Grandiosen. Ihr Mut ist Legion und ihre Vorurteile sind dem Dank gewichen für so viele Seinserfolge, die Ich ihnen zugetraut und zugehalten habe. Schliesslich sind sie vor der Macht der Unlust und des Haders voll befreit und dürfen sich in Meiner Wohlgesonnenheit und Meinen Liebenswürdigkeiten wie im Paradiesesgarten wiegen.

2.6

Was immer Ich an dich zu delegieren habe ist die Kleinarbeit, die in der Welt wie in Gedankenräumen zu verrichten ist von gutgesinnten und geläuteren Heerscharen. Auch du gehörst zu ihrem Charme und ihren Blüten und darfst, Mir vertrauend, alle Schönheit dieser Welt, wie jener die dahinter steht, begeistert offenbaren. Kannst du die Reinheit, Einheit und Glückseligkeit des Ewigen in der erspüren? Ich verhelfe dir dazu, indem Ich dich in die besänftigende Herzensstille führe, die dich im erlittnen Unrecht tröstet und dir Kraft verleiht, das Leben mit Bravour und gutem Willen zu bestehn. Gehst du in dich, wird alles Äussere herabgedämmt und du gewahrst in dir das Wesen der Allherrlichkeit, das dich belebt und das dich führen wird, wenn du dich ihm vertraust und seinem Willen, dich zur Freude und Glückseligkeit zu führen.

Gewissermassen lehr Ich dich, geliebtes Vögelchen, die rechten Körner aufzupicken, damit du wohl gedeihst und reüssierst an ihnen. Überhaupt ist alles, was *Ich* mit dir unternehme, bestens dazu angetan, dich zu fördern wie deinem Seinsbewusstsein Klarheit, Überlegenheit, Erhabenheit und Gotteswürde zu verleihen. Du bist nicht irgendeine Schnepfe, sondern bist als Krönung Meiner Schöpfung einzustufen, deren Glanz und Glamour über allem, was Ich je geschaffen, Gottes Herrlichkeit und Genialität verkündet.

Lass dich von den Kindlichkeiten und Verschrobenheiten dieser Welt nicht in die Irre führen, sondern füge dich dem Willen deines Herrn, der in dir wohnt und deine Sache noch so gern zu einem fabelhaften Ende dirigiert. Was willst du mehr als Mir inständig zu gehorchen und dich dabei zur Seinsglückseligkeit zu stilisieren. Lebst du nach dem Motto: Du in Mir und Ich in dir, darfst du mit ruhigem Gewissen durch dein Weltsein fürbas gehen, um schliesslich in dem Meinen deines Herzens Glück und deine Ruhe zu erfahren.

2.7

Ein Halleluja in den Tag hinaus zu singen soll dein Herz sich schon zur frühen Morgenzeit bemühn, um es am Tage durchzuhalten und mit ihm ins Dämmerlicht zu gehn. Lob und Preis sind nicht von Mir erfunden worden, weil Ich es nicht nötig habe Meiner Weisheit auch nur das Bescheidenste hinzuzufügen. Du aber kannst den Abgrund zwischen Meinem Ich-Sein und dem Deinen nie genug betonen in den Hymnen, die du auf Mich münzest. Gelingt es dir in allem Ernste das Vereintsein Meiner Schicklichkeit mit deinem Ungeschick herzinnig zu erkennen, freust du dich in stiller Andacht an dem neuen Sein, das du geduldig und devot für dich errungen.

Die Kunst des Seinserkennens geht mit der Kunst der Konzentration geschwisterlich einher und dieser liegt die wunderbare Eigenschaft zu Grunde, in der Begrenzung unermessne Weiten vor sich ausgedehnt zu sehn. Das bedeutet dann für dich die langersehnte Labung deiner Seele durch urewige Gewalten. Das Eigentliche ist in dir präsent und wach geworden und hat dich davon überzeugt, dass es nichts für dich zu fürchten gibt oder mit der Etikette des Bedauerns zu versehn. Du Bist und wirst es immer voll Begeisterung bleiben in der Bruderschaft der Menschen wie der Sterne, die vom Unendlichen was verstehn. Liebevoll und heiter gehst du deiner Wege so wie eh und je, derweil dein Herzensinhalt anders, gottesgeistiger geworden ist. Es klagen dich die Kleinlichkeiten nicht mehr an, weil du geläutert bist und hocherhaben über sie. Dein Credo ist unmittelbar an Mein's gefügt und erfüllt sich in dezenten Schöpfer-visionen, wie in ausserordentlichen Werken, denen man das Götterherrliche und Liebevolle schon von weitem ansieht und es würdigt hoch und her. Der Glanz des

Ewigen liegt offenbar auf jedem deiner Züge und einjeder trägt das Seine bei zu deinem märchenhaften Herzenswohl.

2.8

Kleine Gaben sind nicht Meine Sache, doch ausgezeichnete und seinsgestützte schon. Es sollte dir bewusst sein, dass die Fäden allen Weltgeschehns schlussendlich bei dem Einen, Überragenden, zusammenlaufen. Ich Bin der Träger aller Wissenschaften, Lebenskräfte und Beförderungen, universenweit gesehn. Du magst versuchen, dich frivolerweise loszuschneiden vom System, das Ich in weise wissender Manier errichtet und äonenlang in Gang gehalten habe. Nach dem Motto „ohne Mich könnt ihr nicht sein", wird alsogleich verdorren und verdursten was sich von Mir trennt und wird bald ohne jeden Nachhall radikal verschwunden sein. Willst du das, frag Ich dich an? „Natürlich nicht", hör Ich dich brummen und dennoch führst du dich so auf, als ob der ganze Zirkus mit erheblichem Potential, mit Zauberkraft, Zertifikaten und Beglaubigungen dir allein gehörte. Da lächle Ich, wohl nicht zum ersten Mal in Meinem Sein und Leben über die erschütternde Naivität, mit der du dich durch's Dasein wurstelst, so viel aus ihm erpressend, wie es eben hergibt, ohne nach Nachhaltigkeit zu fragen.

Auf diese Weise bleibst du bei dir selber stehn und hörst nicht auf Mein fernes, leises Rufen. Erst im verzweifelten Versuch, an etwas Besseres heranzukommen glaubst du, eine Stimme zu vernehmen. Du beginnst zu lauschen und vernimmst die Ursach für dein bitteres Los. Das Fernsein von dem Höchsten macht dich verletzlich, bar und bloss. Und mählich wieder fühlst du dich von ihm gar liebevoll umfangen wie es vor Zeiten immer war. Ich ziehe dich verzeihend himmelan und lasse dich vom Kelch der Weisheit weinend, reuig und vertrauend trinken. Du erlebst dich wieder als Mein Kind und lässest dich beseligt und ermuntert ins Unendliche treiben.

2.9

Mein Gang zum Licht wird auch dem Deinen gutgeschrieben, wenn du Mich begleiten willst auf der unendlich langen Reise in die Seligkeit des Herrenreiches im erhabenen Azur. Ja, ja, das will Ich schon, ist deine Rede, doch wenn es an's Ertragen der Strapazen geht, beginnst du bald zu jammern und gibst wieder auf was du noch kaum begonnen. Ich aber unterstreiche vehement, was es dich kosten wird auf Meiner Spur zu bleiben und dein Quantum zu erleiden in allwürdiger Manier. Der Druck auf deine Seelengründe steigt, doch spürst du wie dir Meine Kräfte Beistand leisten in des Überwindens Manifest und Ritterschlagen. Du siehst Mich für dich kämpfen in und über dir und siehst dein Seinsvertrauen mächtig und beglückend spriessen. Am Ende wird so gut, was du mit kritischem Gefühl begonnen und was in dir Besonnenheit erzeugte, Standsicherheit und Gotteswohl.

Was dich rettet ist noch immer das Besinnen auf die Gottgemeinschaft, die dich aufrecht hält in wilden Stürmen und dir Stütze ist im Dräuen der Gefahr. Wende dich Mir zu, verkündet die Gestimmtheit deines Herzens und erlange alles von Mir was dir schmerzlich fehlte. Ich spanne die Bedingungen des Friedens vor dir auf und lasse dich an ihrem reinen Glanz Erlabung und Entzücken finden. Du bist dir mehr als du dir jemals warst und spürst die Taufe des vollendeten Genügens, die Ich dir spende in des Geisteshimmels glitzerndem Azur. Deine Rechte kann sich voll daran erinnern was die Linke tut und umgekehrt, so dass die beiden wieder in dezenter Freundschaft miteinander leben. Jegliche Bedenken und Gespinste sind verschwunden und der Klarheit folgt die Reinheit der Gedanken in Bezug auf deines Herzens Wachheit, Überschlag und Wohlbefinden. Du begreifst, was viele längst noch nicht begriffen haben und ermannst dich, leichten Schrittes den gefährlichen Olymp der Götter zu besteigen. Zum Helden bist du dir geworden und zum Heilverkünder wohlgeborgen in des Seins Gerechtigkeit, Manierlichkeit und wonnevollem Frieden.

2.10

Paarweis sind die Fähigkeiten aufgeführt, die Ich dir längelang und lebelang verliehen habe. Fein säuberlich hast du zu unterscheiden, welche von den beiden dir und aller Welt zum Wohl gereicht im täglichen Getriebe. Mir kann das egal sein, weil Ich nur das Eine kenne, das Ich Bin, in einer Homogenität und Einheit ohnegleichen. Da kann es weder Wenn und Aber, Warm und Kalt noch Höhen und vermaledeite Tiefen geben. Mein Sein ist Auserlesenheit an sich, von der gesagt wird, dass es dafür keinen Widerpart und Spielverderber gebe. In Eins gefasst ist alles was Ich an Mir habe, von Absicht keine Spur, es anders, noch gediegener zu halten. Diese Attitüde ist wie nichts begehrt von allen, die sie noch bei weitem nicht geziemend intus haben. Gerade du bist einer, der sich liebend gern den Aufschwung gönnte in ein gottgesegnetes Revier, wo weder Sorgen dich beschleichen, noch gepöbelt wird von niederträchtigen Gestalten. Wenn schon Bin Ich dem absoluten Lichte zu vergleichen, das sich wohlweislich hinter seiner Helle so verbirgt, dass es von niemand eingesehen werden kann. Kraft ist Mein Sein und unerschütterliches Leben, Bewusstheit und erschaffende Magie. Dem Sterngold ähnelt was Ich Meinem eigenen Begehren gegenüber vorzuweisen habe, der Grabesstille, die in Meinen Sinnen Urständ feiert, wenn Ich Meiner Pläne Vielfalt wissend übergeh. So fasse Ich Mein Dasein in's Elysische zusammen, von dem zu weichen weder Ursach noch die allerkleinste Nötigung besteht. Entzückend ist Mein in Mir bleiben und Befriedigung an sich Mein Seinsglückseligkeit verbreitendes Brevier. Ich tauche weder auf noch unter, sondern Bin allüberall die

Gegenwart des reinen Unverstands und zugleich die der höchsten Weisheit, Tugend, Ehrbarkeit und universenweit verbreiteten, beglückenden und lilienzarten Harmonie.

2.11

Was Ich einmal veredelt habe, kann sich nicht mehr unter seine Würde setzen, denn es ist fortan vom Hauch Elysiens berührt. Seine Schritte werden seinsgelassener und seines Mundes Reden weiser im Bezug auf die enorme Gottesheilkraft die Ich ihm verliehen habe. Wo fängt die typische Romanze an, die zwischen dir und Mir bestehen soll, um feierliche Wohlgemutheit, Herzensgüte und Vertrautheit zwischen uns und allen Artgenossen zu kreieren? Sie statuiert sich an der Stelle, wo du deinen Eigenheiten abschwörst und dich dezidiert zum Weltenwesen wendest, um von ihm Auftrieb, Seelensicherheit und Himmelsgrazie zu erlangen.

Du lernst die Kunst des Schweigens dann wenn die Verbindung hergestellt ist zwischen dir und Mir. Dann können Worte und verehrenswerte Sätze hin und wieder fliessen, die für Jahrhunderte Bestand und löbliche Bedeutung in sich tragen. Da kann es dann geschehn, dass durch die Botschaft eine arme Seele neue Hoffnung fasst und damit alle Lebensängste von ihr weichen. Sie sieht sich einem Feld von Schöpferkräften gegenüber, die zum Lichte vorwärts, aufwärts drängen und zum Glück der Zeiten die sie bald erleben wird. Die Begeisterung darob berührt noch jedes hilfesuchende Gemüt und lässt es wohlgesonnener und freier atmen. Was sich vor ihm abspielt ist ein Tanz der Meinungen in regenbogenfarbenen Verschiedenheiten, von denen es die Freudigsten und Muntermachendsten herausfiltrieren soll zu seinen Gunsten wie zum Lob des Herren der sie dargeboten. Dieser Mensch weiss wieder was ihm frommt und übersteht was ihm Bedenklichkeit bereitete. An seinem Auftritt hängen aberhundert strahende

43

Gesichter die sein Wort und Wirken inniglich verstehn. Er bereitet neuen Boden für die Kraft des Spriessens und sieht schon die Frucht, von der die Völker freudig zehren werden. Das ist würdig, das ist wahrhaft schön und breitet Segen aus in Fülle und gottseligem Bewähren.

2.12

Wer keinen Mangel kennt, kann auch nicht wünschen diesen unverzüglich zu beheben. Götterweisheit wird es sein, dem Guten erst das Schlechte vorzutragen, damit die Lebenskräfte sich zu spannen haben, um den Druck zu überwinden der auf ihnen liegt. In dieser Attitüde hat auch das Ungeschlachte seinen Platz im Weltgeschehn- und -zirkulieren.

Die Menschen neigen dazu alles bis ins Letzte zu erforschen, was ihnen so verführerisch und ungerochen vor der Nase liegt. Doch sie kommen rasch ins Spekulieren, wenn ein Weltending ihr Sachverständnis übersteigt und sie rein Geistiges erfassen und erklären sollten. So ist die Schöpfung aus dem Nichts ein Märchen, ebenso wie dass Materie schon immer myriadenfach vorhanden war. Das Problem ist, dass der menschliche Verstand das Sein an sich nicht fassen kann. Deshalb wird auch der Ursprung aller Dinge, der Ich Bin, beileibe nicht erkannt und kann in den wissenschaftlichen Annalen schwerlich aufgeführt und hochgejubelt werden.

Eines feinen Lächelns könnte Ich Mich nicht erwehren, wenn die Sache des profanen Lebens nicht mit solchem Ernst und solchen Konsequenzen angereichert wäre. Unwissenheit ist eben nicht sehr schön, und Ignoranz verdirbt so manchen süssen Brei schon im Entstehen. Damit ist es ratsam, deine Herzenskammern nicht allein mit Blut zu füllen, sondern mit dem Geist der Wahrheit über alles was da *ist* und was Ich alleweil zu sein empfehle. Das bewahrt dich vor dem Schlittern in gar manchen Trug und trägt dich triumphierend zu den

Sternenräumen, in denen dein Bewusstsein sich voll Nerv entfalten kann. In ihnen bist du nicht mehr irgendwer, sondern Mich im Ganzen der Geschichte, wie im Einzelnen, das dir allein gehört. In Mir bist du gezeichnet mit dem Siegel der Gerechten und der Wissenden von Meinen Gottesgnaden. Du schwärmst nicht mehr, doch darfst du dich im Unergründlichen, Harmonischen und Seinsbegeisternden glückselig wiegen.

2.13

Was dir frommt ist immer schon auch Meinem Frommen vorgelegen. Du sollst nicht sagen können Ich sei dir jemals rabenväterisch begegnet, denn Meine Herzlichkeit umflort dich stets zu deinen Gunsten und Begünstigungen im Allhier. Lass es dir angelegen sein tagein tagaus nach Mir zu rufen, damit Mein Segen dich und deine Angelegenheiten über manchen trüben Tümpel trage. Ohne Mich kannst du nicht weise sein und ohne Meinen Einfluss ist es dir versagt, so gross herauszukommen wie ich's von dir haben will. Deine Werte sind die Meinen, sag Ich dir, du brauchst sie nur im rechten Umfang zu erkennen und zu leben und schon läuten dir die Glocken der Holdseligkeit den wunderbarsten Herzensfrieden ein.

Deine Seinsbestimmung ist es, unaufhörlich in die Nähe Meiner Glorie zu driften und dabei zu spüren, wie die Wonne gross und grösser wird in deines Herzens Dom, ob dem was ihn erfüllt gerechterweis von Mir.

Siehst du auch alles an dir wanken, eines ist so unerschütterlich beständig und loyal wie eh und je, nämlich Meine Treue zu den Meinen, die auch dich erreicht und einhüllt schöner geht's nicht mehr. Sind auch alle deine Waffen stumpf und dumpf geworden, Meine sind es nicht und Ich kann und werde unaufhörlich für dich kämpfen ohne je den Mut, die Kraft sowie den Willen dazu aufzugeben. Du selber kannst zwar wollen und dann doch nicht fertig bringen was dein dezidierter

Wille war. Mir aber sind die Willenskräfte so zu Diensten, dass sie unausweichlich das verrichten was zu tun in Meiner Meinung steht.

So brauchst du denn nur Mir und Meinem Anhang anzuhangen um in aller Form zum Zug und Ziele zu gelangen. *Meine* Fahrt allein vollzieht sich wie auf Silberreifen dem ersehnten Ziel entgegen. Es verschafft dir wunderbar gediegene Geselligkeit am Sein wie am des Seins unnennbar seligmachenden Gebärden.

2.14

Was du dir immer leistest sollte von dir nach der Nützlichkeit für Mich und Meines Universums Sagenhaftigkeit beurteilt werden. Jeder trägt auf seine Weise zum Gelingen Meiner Pläne für ein Ganzes, Überwältigendes bei, das von Mir ausgeht und in Myriaden Schritten wieder zu Mir heimwärts flutet mit dem Nimbus der Gottseligkeit beladen. Deine eigne Perspektive ist von Meiner haushoch überlagert und gerät sehr bald in's Wanken, wenn sie zuviel von Meiner abweicht in der Eigentümlichkeit der Göttersphären.

So ist es denn im Mindesten gegeben, dass du Hand und Herz zum Gruss erhebst wenn Ich gedankenvoll an dir vorüberrausche, ohne noch dein Sein herzinnig zu berühren. Vergissest du's so könnte es geschehen, dass auch Ich dich vorderhand vergesse, um dir zu zeigen wie blamabel sich die Lebensdinge ohne Mich vollziehn.

Deine Hände sollen Handel und nicht Händel treiben und du sollst sie nicht mit Niederem beflecken, wo sie doch in Reinheit, Rührigkeit und Anstand ihre besten Eigenschaften liebevoll entfalten sollen. Was ihnen innewohnt sind Kräfte Meines steten Unterweisens und was ihrer würdig ist ist schon seit Anbeginn in Meine Würde eingeschrieben. Nicht du bist es, der lichtvoll über allem steht was du dir je bedeuten magst, sondern Ich in dir der sakrosankte, heiligmachende und wundertätige

Vollbringer alles Guten und Verkündiger des Herzensfriedens, auch an deiner Hofstatt und Komptur.

Dein Charakter wird an Meinem glattgeschliffen, damit
er sich schlussends in einem formvollendetem und
seinssensiblem Equilibrium befinde, dem nicht das
geringste fehlt im wundervollen Gleichklang der
Gefühle. Das Eins-Sein mit dem Weltgewissen führt dein
Wesen mählich in elysische Gefilde, die dir Lebenswonne und vollendetes Genügen spenden.

2.15

Das Allgewissen zu erringen ging Ich aus und kehrte, so
als wäre nichts geschehn, in Meine Menschenhülle
wieder. Vom Eindruck der Holdseligkeit in solchen
Höhen tief bewegt brauchst du nichts weiter zu erwarten
als glückseliges Bestaunen der Allherrlichkeit in die du
dich begeben. Es ist ja selbstverständlich, dass dir schon
der leiseste Kontakt mit dem Unendlichen zum Segen
und zum Wohl gereicht in deinen turbulenten
Niederungen. Somit dürftest du noch jede Möglichkeit
mit Mir Kontakt und Fühlung aufzunehmen innig nutzen,
um dich von Mir belehren und begütigen zu lassen.
Einsicht in Mein Reich wirst du erlangen und Gefühl für
Meines Fühlens Fertigkeit und Strategie in der
Gottseligkeit der Sphären. Du machst dir sicherlich kein
Hehl daraus, dass in dieser Hinsicht noch Bedeutendes
für dich zu akquirieren wäre. Du wirst dich
wissenschaftlich trimmen und dabei gar vieles über dich
und deine Welt erfahren, aber glücklich wirst du nicht
dabei, derweil die wahren Geistesbrötchen eben höher
hangen. Sie allein sind fähig, deinen Wissenshunger so
plausibel und erfinderisch zu stillen, dass du dir vor
Entzücken auf die Schenkel klopfst in einer blanken
Kette von Exstasen.

Was macht dich würdig solcher Schau und schönen
Selbstverständlichkeit in deines Daseins super-
provisorischen Kasernen? Das ist die Einsicht, dass du

dich von deiner Selbstgefälligkeit und Arroganz gehörig distanzieren musst, um schliesslich ganz Mir zu gehören. Diesen Vorgang kannst du nur mit unnachgiebiger Geduld zu einem hochgeschätzten Ende führen. Du weisst was droben ist und bist dir auch gewiss, wie sehr die Kräfte des Erhaben-Seins bestrebt sind, dich auf ihre silberhelle Seite und Besonnenheit zu ziehn. Woran du immer hängen magst, das von Mir zu Erwartende ist jenem jedenfalls um Welten überlegen. Das Bewusstsein deiner selbst als Meines kräftigt deine Attitüde von dem Universensein um viele seligmachende Potenzen, die bereiten dir ein Freudenfest und eine feierliche Dominanz in deines Geistes Dasein, silberheller Spur und köstlichem Dir-selbst-Genügen.

2.16

Wer wird was wollen, muss sich der schöpferische Genius vor Zeiten schon gefragt und vor den Augenblick gezogen haben. Seine, Meine Seinsdevise lautet: Wollen kann nur einer, der Bin Ich, und sonst gibt's Händel, wie du laufend siehst. Was du Wille nennst ist Meines Willens sagenhaftes Dominieren; was dir unterläuft ist Mir schon längst in Fülle unterlaufen.

Willst du wetten, wette stets auf Mich, denn Mir ist der Sieg bereits beim ersten Anlauf auf die Stirn geschrieben. Durch's Band zu siegen ist nur denen vorbehalten, die sich Mein Licht und Meine Stärke zum Idol erwählt und sich für immer mit ihm ausgestattet haben. Das nenne Ich mit Vorsicht „Flügge werden", denn es ist schon manches Vöglein aus dem Nest gefallen vor es richtig fliegen konnte. Da sind ihm dann des Raubtiers Krallen zum Verhängnis akkurat geworden.

Was immer Ich verwirkliche kann dann von irgendwem verwertet werden, womit es ihm zum Heil gereicht bis zu den fernsten Tagen. Das heisst, es sollen keine Wände zwischen dir und Mir bestehn und deine Hände sollen sich stets unbefleckt zu Meinem Sein erheben. Hast du diese auch nur ein Mal richtig angesehn, so musst du ihnen ohne Zweifel höchste Genialität, Geschicklichkeit und Feinheit attestieren. Die kommen nicht von selber, sondern müssen mit enormem Aufwand durch Jahrtausende gepflegt, verbessert und dem neuesten Bedürfnis angepasst und angeglichen werden. Überall ist Meine Gunst und Mein Geschick zu spüren, wo es darum geht Höchstwerte zu erzielen. Bis in's Filigranste Bin Ich dem gewachsen, was Ich einmal Mir erschuf und will es niemals darben lassen in den kargen Weltall-Weiten. Für Wärme habe Ich gesorgt, für Licht und Gnade und wenn dir etwas fehlen sollte bring Ich dir's als liebevolle Gottesgabe. Sei wachsam und empfehle dich dem Herrn der Welten, dass er dich mit seiner Innigkeit belohne, liebevoll und wunderbar.

2.17

Bist du ausser dir kann Ich Mich in dich versenken und dich mit dem begüten, was Ich schicklich finde und für Meinen Kosmos angenehm. Jeder deiner Schritte, Meiner Würde zu, ist kostbar und beschwingt die Evolution in Ewigkeit in allen noch so fernen Himmelsregionen. Dein Begriff von Zeit ist nicht mit Meinem zu vergleichen, weil Ich keinen habe. Wie wollte denn das Sein sich an ein Zeitmass halten das nicht existiert in seinem strahlenden Erscheinen. Wo kommst du her, wo gehst du hin ist deshalb müssig Mich zu fragen. Die Antwort lautet stets: Ich Bin und brauche Mir davon nichts weiter zu erzählen. Du gehst mit Mir ob innen oder aussen genau dieselben Wege, auf denen du dir dein Verhängnis oder die Glückseligkeit bereitest wie es immer dir gefällt. Du warst als reiner Ton einmal ins Weltenall gesprochen und hast von allem was da war und ist verschiedene Schattierungen erlitten, die dir das Wechselspiel von Gut und Böse offenbaren. Hast du das erkannt, wirst du nur noch zum wahrhaft Guten streben, das Ich Bin und das deinen Flügeln Makellosigkeit und Zierlichkeit verleiht in holder Anmut wie in zärtlichen Bezügen. Du gewinnst zurück was du verloren und gewinnst noch viel viel mehr. Im Wechsel der Gefühle fühlst du dich wie neugeboren und erhebst dich in den Kreis der Meister die ihr Sein erfühlt und aquiriert und ausgekostet haben. Beharrlichkeit wird mit Glückseligkeit belohnt und Blütenreinheit mit der Heiterkeit dezenter Sonnentage. Ich hab vergessen wie es war, wirst du begeistert rufen, und Mein Dasein ist in Sonnenglanz getaucht, Geselligkeit, Geruhsamkeit und sakrosankten Frieden. Vom Osten wie vom Westen driften Mir bewundernswerte Geistesströme zu und lassen Mich in Meinem Sein vor Freude tief erbeben. Was immer gut war ist in Mir noch besser und brillanter, heiterer und selbstverständlicher geworden, so dass Ich Meiner Situation das Attribut vollkommen, rein und heiter, seinsglückselig und stabil verleihe.

2.18

Was dich immer rühren soll ist Meiner Worte Gleichmass und Gerechtigkeit am Sein und Leben. Ich setz es innen an, weil sich das Äusserliche viel zu schrill gebärdet und das Leisgesetzte übertönt mit seinem Zetermordio. Somit ist es dir gegeben, Mich im lauschenden Gewissen wahrzunehmen und dein Tun und Handeln nach der Fülle der Gedanken auszurichten, die Ich dir täglich anempfehle.

Mein Wort, und darin Meine Seinsgedanken, soll dir bis zum Gehtnichtmehr erklären was du Bist und zu was Ich dich befähigt habe, wenn du nur immer willst in *Meinem* Sinn das Schöpferhandwerk pflegen. Was hast du nur auf Meiner Spur die Kräfte die dich grüssen und die sich freudig immer nur an dich vergeben müssen. Sie helfen dir ins Sein zu steigen und sind zu jedem Dienst bereit in einem wundervollen Reigen der sich der menschlichen Vollendung weiht.

Wer ist dein bester Diener, sollst du dich hin und wieder fragen und dir dazu die Antwort selber geben: Ich Bin es, der Ich den Namen Gottes auf der Stirne trage. Gefällst du dir, gefällst du Mir ist damit leicht zu konstatieren. Erfüllst du deine Dienste, sind sie an Mir gediehen und bewirken Freude, Frieden und Gelassenheit in allen Regionen. Was *Ich* Mir nicht zu tun getraue sollst auch du nicht unternehmen, denn es könnte dich enorm zurückversetzen auf der Lebensbahn. Wo du jedoch Meines Agrements gewiss bist, kannst du ruhig Urständ feiern und dabei gewiss sein, dass sie zu Verständnis, Seelensicherheit und liebevollem Gleichmass führen.

Viele Wände haben Ohren, ist ein beliebtes Sprichwort, das dir bedeuten will: Hüte deine Zunge, dass sie nicht mehr sagt als sie sagen soll und sei es noch so gut gemeint in deinem Eifer einfach so dahin zu reden. Es kommt der Punkt wo deine Weisheit in Verwegenheit und Dummheit umschlägt und die sind wahrlich schwierig zu ertragen.

2.19

Kannst du den Spruch von Mir „Ich Bin im Paradiese" akzeptieren, so hast du einen weisen Schritt getan in Richtung himmlische Gerechtigkeit und sakrosankten Herzensfrieden. Wär das was für Mich, kannst du dich füglich fragen, und Ich erwidre dir begeistert: Ja. Wer wollte nicht den Mantel seiner Sorgen fallen sehn und mit diesem Niedergang erfahren, wie eine neue Welt um ihn ersteht von unbelasteter Natürlichkeit, Feinfühligkeit und eminentem Frieden. Wozu mich grämen, denkst du dir, wo doch alles seinen Lauf nimmt wie er mir von einer wunderbaren Himmelsweisheit vorgegeben. Selbst wenn etwas schiefgeht, kann *Ich* daraus lernen, wie man's nächstens besser machen kann, wirst du dir sagen, und *Ich* kann diese noble Haltung nur bestätigen, von Meiner hohen Warte aus gesehn. Schätze deines Schicksals vielverschlungne Züge und sei ganz gewiss, dass dich die guten Geister liebevoll durch alle seine Tücken führen.

Für dich ist es von überragendem Bedeuten, dass du ununterbrochenes Vertrauen hegst in das was Ich dir in dein Lauschen lege. All dein Bedenken kannst du so getrost und heiter von dir fahren lassen und darfst in Meines Geistes Armen sicher und beseligt ruhn. Wie friedevoll und eifrig auf Vernunft gerichtet ist nun dein Gedankenheer, und wie reichlich mit Ideen der Genügsamkeit gespickt dein Seinsgewissen, dem man sogleich ansieht, wie es rein und unbeschwert geworden ist wie nie zuvor in seinem unablässigen Agieren. Du siehst dich in die Freude der Gerechten hochgezogen, denen alles Recht und Gut ist, was sie so betrifft und die sich mit Mir bestens arrangiert, liiert und auf's Herzlichste befreundet sehn. Das ist ein Stoff für Märchen und ist zugleich an dir zur sagenhaften Wirklichkeit geworden, das ist gerundet und gesüsst und wird dich fortan treulich durch dein Sein geleiten wie ein angebornes Engelschwingenpaar. Du fühlst dich frei in deinem Walten, weil du dich dem Meinen angetraut und liebevoll vergeben hast.

2.20

Wo die Grossmut herrscht, kommt auch die Liebe segensvoll zum Zuge, die führt dich sicher über alle Lebensängste hin zu Mir in's Universenreich, wo die grandiosen Geisteswasser fliessen. Hast du Abstand von dir selbst gewonnen, siehst du dich von Meiner Güte und Gelassenheit durchströmt, damit dein Sein in *Meinem* Sinn regeneriert und angereichert werde. Mir kommt es immer darauf an, ob ein Menschenwesen willens ist, sich in der Richtung Meiner Seinsgedankenfolgen zu bewegen. Tut es das, so kann Ich es als Pionier in Meiner Weltencrew betrachten, die alles daran setzt, die Ziele einer grandiosen Evolution in's göttliche Gewissen zu verfolgen durch das Zeitmass von Myriaden. Du frischest auf, was anderen verdorrt ist und lässest unter deinen Schritten neue Formen, Fantasien und Verzärtelungen spriessen. Nicht umsonst soll der Prozess des unaufhörlichen Gestaltens und Erhaltens von Mir angesetzt und ausgeklügelt worden sein. Du bist Teil der Schenkung, die Ich an Mich selbst gerichtet habe und sollst dich nicht wundern, wenn Ich, was winzig klein begann, inzwischen mit der grandiosen Kelle rühre. Du selber bist ja heutzutags schon in der Lage Überwältigendes zu bewegen, um wieviel mehr muss *Ich* dann tun, um *Meinem* Sturm und Drang und immer mehr und weiter vollends zu genügen. Ich schaffe es, du wirst es schaffen, derweil du dich durch Mich bewegen lässest und Ich schlussendlich etwas von dir abbekomme in der Gegend deines Planetariums.

Einem ewigen Frühling gleich setzt sich Mein universenweites Konstruieren und Agieren fort und fort und lässt Mich schliesslich nach dem Ende und der Ruhe fragen. Frägst du auch? Da kann Ich dich beschwichtigen, derweil Ich stets aus einem Seinsgefühl der absoluten Wohlgefälligkeit am Ruhn und Schweigen operiere. Halt es ebenso und schon bist du saniert für alle Zeiten und Glückseligkeiten wohlbewahrt in Mir.

2.21

Kennst du dich selbst? So hart es tönt, Ich muss dir sagen: Nein, denn deine Weltsicht ist noch immer der von einem Maulwurf zu vergleichen. Eine Hitparade von Ereignissen zieht jeden Tag mit Pomp und Circonstance an dir vorüber, doch du findest nicht die Musse, noch den Willen ihren Hintergründen auf die Spur zu kommen. Und die bin Ich, mit allen Konsequenzen die daraus erstehn. Das Ordnende, wie auch der Mischmasch, die sich um dich drängen, sind der Ausdruck sowohl eines starken Willens, wie auch einer zottigen Zerfahrenheit, die ihresgleichen suchen. Das markiert die himmelweiten Unterschiede im moralischen, sowie im denkerischen Fortschritt den die individualisierten Geister sich in Äonenläuften angeeignet haben. Das gibt ein kunterbuntes Bild von Meinungen, Mutationen, Verwerfungen und Meisterleistungen, das manche Seele arg verwirrt, doch Mich erstaunt es nicht und gibt Mir zugleich den Impuls, es inniglich zu lieben. Das Manifeste wird vom Lauf der Zeit und der Ereignisse darin stets moduliert und Modulierung hat im allgemeinen die Tendenz zu besseren und menschenwürdigeren Resultaten zu gelangen. Dies aber nur, weil Ich, der Menschenfreundliche und Gottgesegnete, dahinter steh, denn die zurückgebliebenen Gemüter sind zumeist nicht fähig zu erkennen was sie tun. Ihr Alltag ist dem Blöcken einer Herde hungriger Schafe zu vergleichen, oder dem Gequietsche eines Rudels von vergnügten Schweinen, die zur frisch in Fluss gebrachten Tränke drängen. Mehr als Gier und Rücksichtslosigkeit ist da nicht auszumachen.

Noblesse hingegen hat längst eingesehen, dass in jedem Individuum der Meister aller Meister sich entfalten will, um mählich wieder mit dem Reichtum an Erfahrungen von Myriaden in die Herrlichkeit des Seins und damit des Glückseligseins in wunderbarem Gleichmass zu gelangen. Diese Ansicht soll auch dir zur Freude wie zur überragenden Befruchtung werden im Erblühen der Jahrtausende hinauf zu Mir und damit in die Welt der Geistesgötter und Heroen im elysischen Allhier.

2.22

Wer wollte nicht den Weg geöffnet sehn zur Herzensfreude wie zum immerwährenden Gelingen dessen was er unternommen hat mit Mir. Wer gibt den guten Ton und wer die Richtung an, wirst du dich hundertmal befragen? Doch eine träfe Antwort weiss nur Ich, und diese Bin Ich nicht bereit, so mir nichts dir nichts preiszugeben. Du selber wirst ja längst begriffen haben, wie das Geheimnisvolle lockt und deine besten Kräfte dazu motiviert zu suchen und zu schürfen, bis das Edle glänzend an den Tag tritt und Entzücken und Bewunderung kreiert.

Glaubst du an Geister? Sie führen dich zu den Verborgenheiten deines Lebens und decken auf, wo du sonst achtlos, unergiebig und frustriert vorübergingst. Ihnen hast du das zu danken, was du weisst und was dich wahrhaft weiterbringt in den verehrenswerten Sparten: Gotteswissenschaft, Astronomie, Geologie und Menschenkunde. Besonders diese tut dir not, denn was du von dir selber weisst ist mehr als dürftig und muss unbedingt à jour gebracht und damit wesentlich verbessert werden. So bodenständige und simple Formen wie „Ich bin der Weg, die Wahrheit und das Leben", müssen dir vollends plausibel und gerade auf dich anwendbar erscheinen. Das löst dann manches, was dir vordem unbegreiflich vorkam und befriedet deine Seele auf dem Weg ins unablässige und unermessne Staunen.

In mancher Hinsicht bist du noch naiv, in einer jedoch ganz besonders, nämlich jener, wo es darum geht dein wahres Glück und deine ewige Herzenswonne zu begründen. Da bist du intensiv am Suchen und Versuchen, am Ergreifen und Verlassen, am Erhaschen und Verlieren, bis du einsiehst, dass dir so das Wesentliche nicht gelingen kann nämlich Friede-fertigkeit und Daseinsanmut zu erringen. Doch gut aufgepasst: Die schenk Ich dir, wenn du dich ohne jeden Vorbehalt vertrauensvoll auf Mich beziehst und damit am Universensein dein Lob und deine Andacht findest, dein Elysium und deine ewige Jugend jetzt und hier.

2.23

Wohl bekomm es dir bei Mir die beste Stelle anzutreten die es, wo auch immer, geben kann im Saus und Braus der Weltenzeiten. Regelrecht um dich zu buhlen finde Ich nicht nötig, aber dir zu zeigen, was für dich das Beste wäre, schon. Es geht für dich, wie für die Welt, um vieles,

was geleistet werden muss, um sie wie dich voranzubringen in der Kunst zu sein und glückerfüllt zu leben.
Ich schaue wie von weitem auf die himmel-
schwebenden Planeten und gewahre wieviel Freud und
Frieden, Leid und Unruh alle in sich tragen. Die Erde
aber ist besonders sensibilisiert mit all den
Lebensvariationen und Empfindungen, Gelüsten und
Notwendigkeiten, die ihnen zum Erfolg wie auch zum
Ungemach gereichen. Aus der Ferne sieht sich alles wie
gestillt und seelenselig an. Doch im Innern brodelt es und
loht es von Myriaden Lebensfeuern, die alle um Bestand
und Nahrung, Unterhaltung, Wissen und Erfahrung
ringen. Was flattert da heran: Ein mächtiger
Weisskopfadler, der die Krallen in ein Wasserentchen
schlägt, um es im Raubflug rasch davonzutragen. Es
raschelt, zischt und rennt im ruhenden Gehölze, derweil
das Sonnenrad sich höhwärts wälzt am lichterfüllten
Horizonte. Im Zeit- und Lichtverstreichen reibt sich eine
Menschheit die verschlafnen Äuglein aus und beginnt
geschickt und emsig ihren Handel zu betreiben. Ich aber
Bin in ihr und allem Weltlichen der Treibende, dem
nichts entgeht und dem auch nichts zuwenig ist um es zu
fördern und ihm ein glorioses Ende zuzuschreiben.

Mit dem Fokus auf Gelingen wird Mein Einsatz nie
Ermatten zeigen und mit dem genialen Willen gut zu sein
wird mählich das Bewusstsein der All-Einigkeit im
Allgemeinen siegen. Das Wunderbare wird geschehen,
dass sich die Friedefertigkeit rundum verbreitet und sich
die so Gesegneten in einer seelenvollen Bruderschaft
beglückt die Hände reichen.

3

Himmlische Natürlichkeit

3.1

Wie warm und innig sind die Träume eines Gottes für dich zu verstehn? Du nimmst sie schweigend und beglückt entgegen und lässest dich von ihrem Charme und ihrer Feenhaftigkeit verzärteln. Du siehst dich sylphenfein umhüllt von ihres Daseins makellosem Timbre und fühlst dich durch und durch ergriffen und veredelt von dem Duft, den ihre Gegenwart verströmt. Wie verzaubert ist dein Daseins farbenglänzendes Gefieder und du räkelst dich im warmen, hellen Licht der himmlischen Natürlichkeit und Ehre. Wer immer bei sich ist, ist auch bei Mir und darf von der Gerechtigkeit, die Ich verbreite, profitieren. Das aber heisst, die Seelen kosten von der heilenden Genügsamkeit, die Ich in ihre Weiten sä` und laben sich an dem, was Ich für sie in wunderbarer Ebenmässigkeit und Harmonie bereitet habe. Lass auch du dich von dem Takt erwärmen, den Ich allem Gegenüber, was Ich Mir erschaffen habe, praktiziere. Es ist die rechte Frömmigkeit sowie der liebevolle Anstand denen Ich mit allem Eifer und mit überragender Gewissenhaftigkeit obliege. Du verschwimmst in Meinen Gütern, alsogleich wie du dich Mir komplett ergeben und achtest deiner nicht mehr insofern wie du Mir Beachtung schenkst in deinem Dich-Verwundern. Viel zu raten gibt es nicht in Meinen königlichen Seinsgefilden. Alles liegt im ewigen Lichte wunderschön drapiert vor dir und beglückt dein ganzes Wesen mit der Innigkeit der schaffenden Vernunft, wie mit dem Glanz der Myriaden Sterne die da *sind* gegossen in dein Allgegenwärtigsein um sie. Im Mass wie sich dein Seinsbewusstsein weitet, weitet sich auch deines Seiens Sphäre im Allhier, in welcher du Glückseligkeit erfährst wie überragendes Gelingen Meines Ideals vom Menschengöttertum, das Ich mit *Meinem* unlösbar zum Seligsein verwebe.

3.2

Du bist von Meiner Güte an den Strand der sinnenden Glückseligkeit geworfen und erfährst dabei dich selbst so wie du leibst und lebst in Meines Seins bewundernswerter Elegie. Grazie wirst du Mir dafür ein über's andre Mal besagen aus deines Herzens Innigkeit und Mir verwandtem Pol. Du bist es, der sich selber krönt indem du Mich als Meister aller Meister anerkennst und Mir dein Vertrauen schenkst in feingefügter Liebe. Deine Wachheit tut Mir wohl und deine Stärke will Ich noch so gern empfangen als die Meine in des Geistraums unermessnem Schoss. So beginnt das Zwiegespräch von Neuem zwischen dir und Mir in einer Geistbeziehung von bewundernswerter Innigkeit und Harmonie. Es wallen die Gedanken und Gefühle hin und wider und befruchten sich in einer seelenvollen Gründlichkeit, die noch so viele Seinsbesonnene vergeblich suchen. Auch für sie wird einst die Stunde kommen, wo an ihrem Geisteshorizont die Sonne aufgeht die ihnen eines neuen Weltseins Wunder offenbart mit ihrem liebevollem Sich-Verstrahlen. In diesen Regionen reinen Seins ist alles gut was *ist,* und die Gemeinschaft aller Heiligen und Heilen hilft sich wo sie kann in überirdischen wie weltlichen Belangen. Auch du bist ohne weiteres in ihren Kreis geschlossen und darfst dich als gerettet und gesegnet, aufgehoben und begnadet fühlen.

Hast du auch nur den Saum des reinen Seins berührt, siehst du den Bogen deiner Perspektive wie verwandelt an in eine Zukunftsträchtigkeit und Prächtigkeit von wunderbar elysischem Bedeuten. Beständig trägst du ein beglücktes Lob auf deinen Lippen, das sich deiner Situation gemäss in's Unermessliche erhebt, um Mir als Anerkennung Meiner Gottgefälligkeit zu dienen. Du wandelst durch den Hain Arkadiens, von Himmelsbläue, Geistgesellikeit und reinem Strahlenlicht umgeben. Ich Bin es der sich selbst belohnt für seine Tugendhaftigkeit in dir und deiner Seinsgeduld in deinem Dich-Verwandeln.

3.3

Auferstehn zu feiern geh Ich aus und kehre mit dem Reichtum Meiner selbst im Herzen wieder. Der Wissenschaftsbetrieb hat nur die Möglichkeit das Tote an Mir zu erforschen. Ich aber Bin und bleibe der Lebendige der sich wie eh und je im Geistgebiet bewegt und von diesem alles destilliert was *ist* und was die wissenschaftlichen Gemüter nicht in ihre Rechnung einbeziehen wollen. Das gibt ein verzerrtes Bild vom Weltenleben, weil in diesem nur das Stoffliche behandelt wird im trügenden Erscheinen. Was aber das Natürliche von Innen her bewegt, entzieht sich dem verstandesmässigen Begreifen. Da gilt es eben für dich, in der Herzensoffenheit und Einfalt auf Mein Wort zu hören, das das wahre Leben offenbart in seiner geistigen Potenz und seinem immanenten Frieden. Da sag Ich dir: Du Bist und sollst an Mir ein seinsgerechtes Vorbild nehmen. Wohl übersteigt dies Bild noch dein gewohntes Wissen von dir selbst, doch das wird sich ändern und verbessern mehr und mehr.

3.4

Was glaubst du dass dir Seligkeit gewährt in wunderbar besänftigenden Zügen? Niemand anders als Mein Sein in deiner Seele stillgewordenem Gemach. Du hast dich schon durch so viel Ungemach gestritten, hast Tragödien ausgelitten, die dich tief berührt und angestossen haben. Nun soll es dir vergönnt sein, auszuruhn bei dem Gedanken, dass du in deiner tiefsten Innigkeit von Mir beseelt bist wunderbar verlässlich und gediegen. Auf diese Weise kannst du deine Sorgen wie verflogen sehen und alle deine Ambitionen als in Meine Hand gelegt zur stattlichen Beförderung wie zum beachtlichen Gelingen. Du darfst der Überzeugung frönen, dass deine Lebenswelt sich nun in paradiesischer Gelassenheit vollzieht und Himmelsglück verstrahlt in alle Daseinsregionen.

Das geschieht, in dem Ich Meine Kraft in deine lege und dir fabelhafte Unterstützung biete beim Vollzug und beim Gelingen deiner mannigfachen Operationen. Unter deinen Händen schmelzen alle Schwierigkeiten ohne weiteres dahin und lösen sich in Minne auf, von deinem Freudenruf begleitet und dahingetragen.

Seit dieser Wandlung bist du Kapitän auf deinem eigenen Schiff geworden, darfst dein Reich in eigener Kompetenz beherrschen und ihm Gutes und Gerechtes tun. Es blühen Rosen aller Art in deinem Garten und laue Sommerwinde säuseln drüberhin, um sie wie dich auf's Schönste zu erfreuen. Das ist es was beliebt in jedes Lebens einzigartigem Verfliessen, derweil es Meine Gnade offenbart in wunderbar besänftigendem Ton. Du hast mit Mir gerechnet und bist damit zu enormen Höhen aufgestiegen in Mein Reich der Mitte und der süssen Wohlbekömmlichkeit am Sein und Leben. Hier oben lässt sich trefflich, seelenvoll und heiter Musizieren, und die Stimmen der Gerechten Gottes sind erfüllt vom Glanze Seiner Majestät. Was hier *ist* kann nur das eine Wort beschreiben: Seligkeit des Seins und immerwährend von Mir hingegebnes wundervolles Seinsgenügen.

3.5

Ich mache alles in dir licht und wahr und säe glühende Wahrhaftigkeit in deine Züge. Du bist Mir felsenfest verbunden und erkennst dich selbst in Mir als Kämpfer für Gerechtigkeit und Lebensliebe, Wohlfahrt und beglückendes Erlaben. Die Maximen Meiner Herrschaft lauten: Trage dich in's Buch der Weisheit ein und Redlichkeit an allem, was Ich dir vermacht und ausgeliehen habe. Von Meinem Standpunkt aus gesehn gehört dir nichts als ein paar lüpfige Gedanken, die sich bei näherem Besehn als recht blamabel und willkürlich erweisen. Alles was du wirklich Bist gehört in Mein Revier, Erringen und Betragen und kann jederzeit von Mir zurückgenommen oder abberufen werden. Ich ergötze Mich an deinem Wahn, Besitztum zu verbreiten und gebe dir den guten Rat, das viele, das dir anhängt, zeitig, innig loszulassen, damit es dich nicht daran hindert, zu Mir aufzusteigen in der Himmelsstrategie. Zu alldem ist zu sagen, dein menschenwürdiges Verhalten zählt, an dem Mir doch so viel gelegen. Es ist bestens dazu angetan, die allgemeine Friedefertigkeit zu mehren, sowie die Einheit aller Wesen, die Ich Bin, publik zu machen in unendlich liebenswürdiger Manier. Nur nett sein, soll dir nicht genügen. Es geht darum, dir beizubringen wie die Lebensdinge kosmisch, geistig und moralisch liegen. Das verbindet dich dann ganz konkret mit ihnen und stellt das wieder her, was du zu sein bestimmt bist in des Universums unumgänglichem Bewohnen. Aus Kenntnis, Tapferkeit und unverwüstlichem Vertrauen geht dann die Heiterkeit hervor, die von Mir für alle Wesen angelegt und in sie eingemittet ward. Auch in deinem Fall würde sinngemäss das Unbeschwerte, und Berückende zum Ziele kommen. Ich rechne dir das unentwegte Zu-Mir-Streben ganz besonders an und belohne dich dafür mit hocherhabenen Gedanken und Empfindungen, die es für alle Zeiten und Gegebenheiten, Rituale und Gefälligkeiten in sich haben.

3.6

Ein Tag wie alle Tage und dennoch ewig neu in ungezählten Variationen. Gerade so wie sich die Menschenvölker in unzähligen Hierarchieren und Gestaltungen ergehn, sind sich die Himmlischen auf mannigfachen Ebenen bewusst geworden. Sie organisieren ihre Tätigkeiten und Befugnisse von den höchsten Sphären bis zu denen, die das Menschengeistige berühren, in einer wunderbar geschickten Weise wissenschaftlichen Agierens. Dabei gilt es lenkend und gestaltend einzugreifen in das Wohl und Wehe der geoffenbarten Seinspartikel, die die Geistesräume myriadenfach durchweben. Siehst du das menschliche Gehaben kann dir das göttliche schon recht plausibel sein, derweil es sich auf Ebenen des Weise- und Vernünftigseins vollzieht, von denen Sterbliche nur träumen können.

Es reichen sich die Engelscharen ihre Kenntnisse von einer Ebene zur anderen hinüber, um sie sich gegenseitig zu veredeln und ergänzen, damit sie so dem Ganzen umso dienlicher und wohlgefälliger werden. Auch der Wirkung deiner Taten ist die himmlischen Bewertung und Beförderung beschieden. So wirst du effektiv von ihrem Glanz beschienen und bedient und darfst dich selber als ein Spross in der hierarchischen Stufenleiter sehen, die vom irdischen Getriebe ohne Unterbruch bis in's unendlich wohlgestaltete harmonisch Numinose führt.

Mit alledem sollst du dich intensiv beschäftigen, damit die Einsicht wächst in das Verbundensein der weltlichen sowie der himmlischen Gestalten und Gestaltungen, die sich in wunderbar gediegner Art und Weise seinsgeschwisterlich die Hände reichen. Bis in's Letzte strukturiert ist so das Eine, das Ich Bin und das bestrebt ist seinen Schöpfungen den Wohlklang und die Güte reiner Eleganz und Anmut zu verleihen. „Ich Bin Das", soll du ad infinitum für dich wiederholen und dabei gediegene Glückseligkeit um dich verbreiten.

3.7

Was beschäftigt dich am Meisten, dein Eigensein oder das der Myriaden Menschen die dich glücklich atmend oder schrecklich leidend rings umgeben? Du selber bist es, der sich in sich einschliesst und sich damit fernhält von der Schicksalswelt der Myriaden. Gerade sie jedoch vermöchte dich zu trösten in dem Herzensweh das dich befallen ob den Ungerechtigkeiten, die dir Tag für Tag geschehn. Gehst du aus dir heraus mit deinem Denken, weitet sich dein Sinn für weltliche Belange und beginnt damit, allmählich auch die kosmischen zu seh'n. Du gewahrst dich als All-Wesen, welches sich mit allem, was da *ist,* herzinnig zu befassen hat, um es zur Harmonie und zur Glückseligkeit zu führen. Was du in dir aufmachst, kann Ich mit der Güte Meines Seins bedenken, was sich zu Mir wendet, wendet sich zu seinen eignen Gunsten, denn im Ein und Alles bist auch du beschlossen, ganz und gar.

Weihe dich der Regelmässigkeit der Sterne, hinter deren Licht Ich ganz persönlich steh, um es dauernd anzufachen und um deinen Sinn durch *es* hindurch in Meine Geisteswelt zu führen. In Mir und Meinen Seinsdimensionen ist das Dasein selig, licht und schön und kann von keinem anderen an Wohlgefälligkeit und Anmut übertroffen werden. Aus ihm strömt Weisheit und Verstand, Verklärung und Gewissenhaftigkeit hinunter in die Regionen menschlichen Versagens und Verzagens, um sie aufzuhellen und um ihrem Seinsbewusstsein zur Geburt im Ewigen und Seinsgerechten zu verhelfen.

Deine Chance ist es, durch Erkenntnis, Redlichkeit und philantropische Gebärden mählich zum Gewahren reinen Seins und Sinnens zu gelangen, das du Bist und das in seiner silberglänzenden Natürlichkeit sich selbst zur Weltengrazie und Anmut stilisiert in hunderttausend seinsgerechten, auserlesenen und seelenvollen Freuden.

3.8

Du gewinnst was Ich verliere und beschäftigst Meinen Sinn seit Ich dich schuf in guten Treuen und mit dem Siegel der Gerechtigkeit versehn. An ein Ende mag Ich nicht mehr denken, nur noch an's Verbessern und Veredeln, seit Mir die Myriaden Lebensangelegenheiten aus dem Griff geraten sind. Wieso auch sollte, was in den Universenfluss gekommen ist, gestoppt und aufgehalten werden? Das Energetische an sich, das Ich Mir Bin, hat sich zur Seinsbeständigkeit erhoben und hat die Tendenz, noch immer weiter bis in's Unermessliche zu laufen. Auch deine Seinsgewissheit wird in Mir und Meinem immerwährenden Momentum nimmermehr erlöschen. Seitdem du Bist, Bist du und hast ein Anrecht darauf, stets in Meinem Sein markiert und respektiert zu werden. Allmählich sollst du zwischen Zeitlichem und Ewigem haarklein zu unterscheiden wissen. Zuunterst kommst und gehst du wieder, wo Irdisches sein kärglich Dasein fristet. Doch in den oberen, den Geistesrängen, gibt es nur das Kommen und das Nimmermehr-Vergehn. Kannst du, Ich Bin, zu dir und deinem Umfeld sagen, ist darin auch „Ich war und werde sein" geziemend eingeschlossen. Das bedeutet, dass in diesem Rang die Zeit und damit auch der Raum nicht existieren. Dies zu begreifen ist dir auf der Ebene der Sterblichkeit verwehrt, und mit allem, was du dort von dir behauptest, verhedderst du dich in enormen Widersprüchen, die dich vor Mir unbeholfen und gar lächerlich erscheinen lassen. Deswegen ist es für dich unumgänglich, in das Reich der reinen Seinserkenntnis aufzusteigen, die dich alles dessen wunderbar belehrt, was wahr ist, tunlich und gediegen. Erst dieser Schritt kann deine Seinsgewissheit und damit unbeschreibliche Glückseligkeit begründen, welche dir schon immer zusteht, wesenhaft und unbedingt in Mir und Meinen Seligkeiten.

3.9

Hast du Mich gefunden ist alles weitere für dich ein Kinderspiel, an dem du dich ergötzen magst und auf's Intimste sublimieren. Wohl steht es dir an dich vehement auf Meine Seite hin zu schlagen, womit sich deine Kräfte auf das Eine bündeln, statt sich im vielen zu verzetteln. Guter Ratschlag ist so rar, doch den Meinen kannst du gratis haben. Befrage nur dein Herz, und seine Schläge werden auf das Rechte für dich pochen in gekonntem, freudevollem Stil. Was immer du dir zutraust frohen

Sinns zu unternehmen, wird von Mir mit Begeisterung auf Trab gehalten bis es seinsvollendet vor dir steht und deinem trefflichen Gehaben.

Womit du dich auch immer brüsten magst, die Basis ist von Mir gelegt und muss rücksichtsvoll und klug von dir behandelt werden. Deine Kräfte reichen nur so weit wie sie von Meinen sind getragen und dein Nimbus muss sich immer wieder an dem Meinen eichen.

Was dich kümmert kann nicht ohne Meinen Kummer abgehn, gerade dann, wenn er mit voller Kraft zu Mir hinaufreicht, um Mein inniges Mitleid mit dir zu erregen. Ich kann wohl für gestreng gehalten werden, doch in Meinen innersten Bezirken herrscht die Zartheit vor, die an allem was geschieht den seinsgerechten Anteil nimmt, um diesen mit Mir innig zu versöhnen. Bei Mir muss es von A bis Z um alles gehn, was Ich in's Handeln wie in's Sein gerufen habe. Das Getrennte zu vereinen und das Niedere zum Höchsten hochzuziehn ist Meiner Grossmut Zierde wie Meines Mich Erfühlens bodenständiger Gespan.

Fühlst du dich eingeweiht in Mein Gehaben ist es recht und gut, doch das Allerbeste ist es, wenn du tätig an ihm Anteil nimmst, um noch jedes kleinste Ringeln und Gerangel zu veredeln bis dir seine Schönheit richtig in die Augen springt, wenn du an ihm vorübergleitest. Das Vortreffliche ist noch immer Meines Wünschens wohlbedachtes Ziel und das Erhabene Mein Soseins seligmachendes und seinselysisches Umfangen.

3.10

Das Liebenswerte ist Mir näher als das Hochgescheite, denn Ich ziehe Warmes mathematisch Reguliertem Coolem vor. Auch du sollst dich auf eine Eigenart besinnen, die dir wirklich liegt und die dich mit den freundlichen Gemütern spielend weiterführt im Leben. Das Brisante an der Sache ist, dass deines Daseins Wellen auch mit den Meinen in Beziehung treten und schlussends ein Ganzes bilden eines mannigfach bewegten Wogenmeers. Für dich gilt es, das Oberflächliche geziemend zu durchschauen, um so der Ursach der Bewegtheit auf den Grund zu gehn. Du solltest dir die Frage stellen: Was hat Mich einst dazu bewogen, tätig und damit akut zu werden in Bezug auf Weltgestaltung und Veränderung, Präferenzen ganz persönlicher Natur, wie auf die Besonnenheit darüber wie das Ganze sich als Einheit aller Lebensdinge arrangiert. Auch Mir ist diese Frage in den Sinn gestiegen als das Nonplusultra alles dessen, was im allgemeinen zur Debatte steht: Weshalb habe Ich es unternommen so agil und unternehmerisch zu sein mit allen Konsequenzen, wo Ich doch der süssen Ruhe reinen Seins und Sinnens hätte pflegen können weitab von jedem Ehrgeiz auf Gestaltungen von kosmischer Dimension. Die wundervolle Fähigkeit, so viel Bedeutendes zu tun, hat Mich zum Tanz geladen, die Lust nach Mehrwert Meiner selbst hat Mir die Schwingen angedacht zum grandiosen Flug durch märchenhaft gestaltete Äonen. Das Zauberhafte hinter Mir zu lassen und noch viel Herrlichers vor Mir zu sehn ist Mir noch immer Motivation genug, um fortzuschreiten auf dem Weg des schöpferischen Divergierens und Probierens, des Gestaltens und Erhaltens, wie der Freude am gelebten Tun. Hast du dies begriffen, wirst du Mir auch folgen und wirst von derselben Inbrunst und Magie besessen sein wie Ich, um so im Sternenall wie in den Geistesräumen ewige Glückseligkeit des Seins zu spüren.

3.11

Was immer du dir leistest muss von Meiner Seite approbiert und gutgeheissen werden, zu viele Differenzen würden sonst entstehn. Nur schon im Erdplaneten generiere Ich ein Unternehmen, das in seiner Kompliziertheit und Dynamik, Sensibilität und Selbstgefälligkeit, Mobilität und Ausgeflipptheit kaum noch überboten werden kann. Es galt, die Seins-prinzipien, die schon im Univerum festgelegt und angewendet sind in's Miniatürliche zu transformieren und in einem reibungslosen Gang zu halten für Äonen. Als Basis für die Aufzucht des Lebendigen hat sich das Verdichten bis zur irdischen Substanz als machbar und begrüssenswert erwiesen. Dem Pflanzlichen im Erdreich konnte so das Nährende in wässerigen Formen zugeführt und myriadenfach verabreicht werden. Schon auf dieser Ebene war eine Vielfalt von bewundernswerter Herrlichkeit und Schönheit zu gestalten, so genial, dass die künftigen Betrachter und Geniesser sich daran entzücken und erbauen würden. Dann kam die Vielfalt in den Reichen, die Ich sagenhafterweise als die tierischen benannte. Von surrenden und gleitenden, von rennenden und trampelnden, bis zu den akrobatisch fliegenden Geschöpfen musste jedes voller Sorgfalt ausgedacht und bis zur Perfektion von Mir gestaltet werden. Mit dem Menschlichen war dann dem Ganzen die Krone aufzusetzen, indem Ich ihm den Denkimpuls, die Sprache sowie die intensive Liebefähigkeit verlieh. Es mussten sich Strukturen bilden von geselliger wie von geschäftlicher Natur, damit der Lebensgang florierte und sich neue, segenvolle Instrumente bildeten, um Variationen und bezaubernde Erfindungen en masse hervorzubringen. Nun schaue Ich dies alles sehr befriedigt an und lasse die Gedanken, mit der Absicht von Verbesserungen, aufmerksam darüber kreisen. Viel von dem was Ich einst wollte ist bereits getan, doch haben Mir die Menschen noch Erkleckliches und Überragendes bis zur Vollkommenheit in Anmut, Harmonie und Friedefertigkeit hinzuzufügen.

3.12

Du schaust die Welt mit andern Augen an als alle, die es vordem voller Neugier taten. Was ist mit dir geschehn? Dein Blick hat sich dem reinen Sein und Leben zugewandt, das Ich seit eh und je repräsentiere und damit aller Herren Künste frohgemut vollführe. Du hast begriffen, wer das Ruder führt im Weltgeschehn und wer in dir die Fäden zieht, die dich von innen her mobilisieren. Du bist zwar den Jahrhunderten entlang recht clever, selbstbewusst und individuell geworden, doch Meines Daseins Kraft und Supervision ist dir deswegen vollends aus dem Blick entschwunden. Nun bist du zwar gescheit, doch fehlt es dir an tätiger Moral, die die Vereinzelten vertrauensvoll verbindet und sie zu einem Volk von hilfsbereiten Freunden stilisiert. Da gilt es für dich kräftig nachzuholen, was du auf dem Gang zum Eigensein verloren hast, um wieder zum Gefühl des Eins-mit-allem-Sein zurückzukehren. Das aber ist Mein Sinnens allumfassende Gebärde, die Ich Bin und die auch dich vollkommen einschliesst in ihr universenweites Wesen. Ich will und muss in dir dies überragende Bewusstsein voll zur Geltung bringen, damit das Menschliche sich überall zum gottbewussten Medium der Einheit transformiert.

Ich schaffe schon seit Urzeit intensiv daran, diesen grandiosen Zielpunkt in perfecto zu erreichen und so *muss* es einmal kommen, weil das Allerhöchste sich dem Niederen nie unterwerfen kann. Das wunderbar Geschaffne trägt in sich den Keim zum Kommen und Vergehn, sowie den Auftrag, an sich selbst zu wachsen bis zu genial und gläubig, mustergültig und mobil erreichten Gotteshöhn. Du hast Mich recht verstanden, wenn Ich dir bedeutete, dein Wille müsse sich wie eins zu eins zu Meinem schlagen. *Ein* Herz und *eine* Seele will Ich mit dir sein und Bin Ich schon auch wenn du's noch nicht wissen kannst in deinem Aufstieg zu den Zinnen der Allherrlichkeit, die Ich für dich bereitet habe. Dort sind Glück und Heiterkeit für alle Zeit vereint mit Mir und Meinem sagenhaften Seinsgefüge.

3.13

In Mir wird alles Hoffen transformiert zu einem Hilfezug von kosmischem Bedeuten. Hast du dir schon überlegt, wie unbeschwert und heiter sich das Leben anlässt, wenn es von der Zuversicht begleitet ist auf ewiges Gedeihen. Die Himmel mögen sich entfärben, die Lebenswelten stürzen ein, doch deinem Sein kann nie und nimmer etwas Ungebührliches geschehn. Du bist der Geist vom Geist der Wirklichkeit, die Ist und die sich nimmer von sich selbst entfremdet. Sie ist im Stand, des Universums Schwergewicht zu tragen und meistert auch des Menschenwesens gradioses Schicksalslos. Von Mir begleitet und betreut ist jede Menschenseele als die Individuation von Meiner eigenen Substanz und überragenden Reserve von bewundernswerten Qualitäten. Was du nicht wusstest, will Ich dir damit auf's Freundlichste besagen, woran du dich nun halten kannst, besänftigt deine Züge und kann unvermittelt als dein ultimates Heil bezeichnet werden.

Meine Wände haben Ohren, und dein Flehen dringt durch sie zu Mir wo es im Nu verstanden wird im Seelenvollen, das Ich ohnehin auf's Trefflichste verwalte. Da kannst du sicher und getröstet sein darüber, dass dir jede Hilfe zukommt jederzeit durch Mein herzinniges Verfügen. Wie sollte Ich nicht um Mein Eigenes zutiefst besorgt sein, wie es nicht herzinnig lieben. Ich kläre auf, was noch in Trübnis auf Erlösung wartet, Ich reinige, was nicht mehr Meinem Standard und Begriff von Makellosigkeit entspricht. Von Mir ist alles was beglückt freisinnig und konkret zu haben. Von Mir strömt Weisheit in dein hoffendes Gemüt und lässt dich selber weise sein in der Begrenztheit deiner Lebenstage. Du wirst von Meiner Unerschöpflichkeit auf's Trefflichste bedient und darfst dich frohgemut in Meiner Herzensgüte wiegen.

3.14

Dein Prunkstück ist Mein Sein in deinen Händen, vielgeliebte und gehätschelte Monade menschlicher Bewusstseinsqualität. Du Bist, weil Ich behutsam und hellhörig in dich rage. Dein Wesen ist dem Meinem so verwandt, wie sonst nichts und niemand in der Welt verwandt sein kann. Es existiert ein unaufhörlich Hin- und Widerreden zwischen dir und Mir und zwischen unseren Weltentaten. Das bringt Bewegung in das Seinsgefühl und lässt uns immer weiter expandieren. Mit Frömmigkeit allein ist es noch nicht getan, die genialen Taten müssen folgen, die du dir, ruhigen Gewissens, ausgedacht. So muss es sein, dass sich das Tun der Myriaden zur Evolution des Weltenseins addiert im Wogen sagenhafter Zeiten. Was du nicht tust, das kann kein adrer für dich übernehmen, und damit wird der Fortschritt um den Teil gehemmt, den Ich dir dafür zugemessen. Ich plane, doch Mein Planen geht erst auf, wenn du das Deine in das Meine integrierst und Mir behilflich bist in der Vollendung zahllos angebrochner Lebenszeiten. Meine Spuren sind tief eingegraben und das Deine in das inen sollen es auch sein, damit ein faszinierend Bild entsteht aus Wagemut und Können, Genialität und überragendem Gestalten vieler Wunderwerke im Allhier. Was *ist*, muss erst einmal mit Mühsal unter Perlentränen werden und so soll es weitergehn von Stuf zu Stufe, bis sie sich in die Herrlichkeit Elysiens erheben.

Wenn sie an dir aneckt, kann die Welt nicht rund und runder werden; alle Scharten müssen von Mir, wie von zahllos dafür eingesetzten Geistern, ausgebügelt werden. Bitte komme Mir bevor und lasse Mich nicht ständig auf dich warten, bis Ich etwas neues frohen Muts empfangen kann aus deinen schöpferischen Händen. Es ist der Geist der Wahrheit der dich führt und dem du dich vertrauen kannst in deinen vifen Operationen. Erfühle dich in ihm und sei von seiner Güte schwebeleicht und sicher in's Unendliche getragen.

3.15

Das Multiple fasziniert, wenn es sich stilisiert in ungezählte Variationen. Du schaust auf eine Welt von Novitäten und Gelehrsamkeiten, die sich gegenseitig überbieten an Gewandtheit, Nützlichkeit und Innovation. Was aber braucht der Mensch zuallererst, um seinem Dasein Sinn und Anmut, Heiterkeit und Leben zu verleihen? Mich, der aller Wesen Ursprung ist und Keim und Kraft und Wohlgefallen. Willst du sein, so musst du unbedingt bei Mir die Himmelsgrazie erfragen.

Künftig kannst du es nicht mehr vermeiden, Mich in deine Rechnung einzuziehn, weil sich sonst dein Seinsgefühl verhärtet und du dich nur noch um Moneten, Macht, Erfolg und Tatkraft kümmern kannst. Deine Egoismen wollen sich bis in's Unendliche vermehren und dein leiblich Wohl nimmt das der Seele, einer Krake gleich, gefangen. Du willst dich selbst in einen Abgrund von Problemen stürzen, die, wie du glaubst, nicht mehr zu überwinden sind.

Da kann nur die Sehnsucht nach Erlösung, Frieden, Ruhe und Befreiung bringen. Offensichtlich leistet Mein Gedulden ungleich mehr als deins im Wirbel deiner Niederungen. Du spürst, wie sich dein Zustand bessert einfach so, weil dein Vertrauen in Mein heilendes Gewitter alles überwiegt, was dich vordem ins Bodenlose sinken liess. Du beginnst zuallererst auf Mich zu zählen und zählst viel später deine sieben Künste, Schliche und Versuchungen zusammen, die dich ohne Mich durch's Leben schleusen wollen.

Der Blick auf Meine Güte ändert deinen Sinn und lässt dich freier atmen und beglückter ob dem vielgewandten Überschauen deiner Lebenssituation. Du beginnst enorme Ruhe auszustrahlen und besinnst dich auf die Werte, welche auch für dich und deine seelenvolle

Heiterkeit, Gelassenheit und Lebensliebe im Unendlichen liegen.

3.16

In Potenzen rechne Ich die Seinsverbesserungen, die du dann erfährst, wenn dein Sinn und Sinnen vollends Meinem untertan und angeglichen worden ist. Dies geschieht im Langlauf durch ereignisvolle Generationen deines Seins im Werden und Entschwinden. Dein Überleben von Geburt und Tod ist für dich Legion und deine Einsicht in den Lernprozess, den du dabei erfährst, hilft dir unweigerlich die Wahrheit Meiner Geistwelt zu erfahren. Nicht mehr im Trüben fischen musst du dann, wenn deine Geistesaugen wach geworden sind für Meine überirdischen Belange, die das Reellste sind was man sich denken kann im Zuge des Wahrhaftigkeit-Erstrebens. Für Mich ist alles klar, derweil du dich in einem Labyrinth von Rätselhaftigkeiten hin und her bewegst, aus dem du jahrlang keinen Ausgang findest. Wie einfach wäre es, auf Mich zu greifen, um von Mir eingeweiht zu werden in die Dinge der Allherrlichkeit, die Ich mit Wonne und Gelassenheit betreibe. Doch du stolperst ständig über die enorme Summe deiner eignen Angelegenheiten und bewegst dich damit wie der Ochs am Drehbaum stets im Kreis herum, mit engverbundnen Augen.

Nur ein leiser Hoffnungsschimmer mag es sein, der dich beseelt in deiner Trübnis, doch du ergreifst ihn und spürst bald, wie sehr er dich erhebt und dir ein Zeichen ist von etwas Höherem, das du vordem noch nie erfahren. Deine Neugier ist geweckt und deine Herzenswünsche streben weg vom irdischen Debakel hin zur holdseligen Wahrhaftigkeit von Meinen Geistessphären. Es geht für dich nur darum zu erfahren, was du wirklich Bist in deines Wesens Kraftgebilde, das in Mir auf's Trefflichste verankert ist seit Generationen. In diesem bist du wunderbarerweis mit der Unsterblichkeit verwandt, die

Ich schon immer mit der grössten Selbstverständlichkeit erlebe. Dies muss auch dir zur strahlenden Bewusstheit werden und zum Eintritt in Mein Reich der Seinsglückseligkeit, der ewigen Heiterkeit sowie der Grazie der Himmelsgnaden.

3.17

Das Überirdische ist überhaupt nicht abgehoben, wenn du`s nur recht verstehst, dich in ihm ganz natürlich und gefasst durch's Leben zu bewegen. Dein Problem ist der Verstand, der alles besser wissen will, obschon er nichts versteht von dem was Ich im Geistraum seit Äonen abgehandelt habe. Dem Irdischen vollends Verpflichteten ist es egal, woher sie kommen zu erfahren, oder wohin sie nach dem Tode weitergehn. Dieser Ansatz jedoch ist von eminenter Wichtigkeit, denn er beeinflusst ihr moralisches Verhalten und damit den gesamten Lebensstil. Ich habe es dir vorgemacht in dem, den Ich dir sandte, wie es sein soll in der Menschenvölker Tun und Treiben. Das Gewissenhafte hat dabei noch immer absoluten Vorrang vor dem Bolero, den sich die Schläulinge in aller Welt ertanzen. Bei ihnen kommt's, wie's kommen muss, dass sie das Mitgefühl für andere verlieren und nur noch ihren Eigenheiten huldigen im Lebenswandel den sie treiben. Ich aber wende Meinen Blick von ihnen, weil Ich vermeiden will, das Garstige zu sehn. Irgendwann in irgendeinem Leben wird sie ein Schrecknis überkommen, das sie nicht zu meistern wissen und an dem sie wie in einen Abgrund fallen.

Nicht soweit kommen sollte es für dich, weil du dich zeitig auf das zeitlos Geistige besinnst, das dich und alle Welt erschaffen hat in genialem Über-sich-Verfügen. Du findest was dir Hof und Heimat ist in überirdischer Manier und darfst dich dort in wunderbarer Sicherheit und seelenvoller Wonne wiegen. In's Wahrhaftige bist du gestossen und in den Kreis der Auserwählten aufgenommen, an denen sich das Wort erfüllt: Kommt ihr

Gesegneten des Vaters und bereitet euch ein Fest im Himmel der Gerechten, denen Ich voll Grazie den Raum und die Geselligkeit dafür geschaffen habe.

3.18

Du merkst dir was Ich deinem Sinn aus erster Hand erkläre und erbaust dich auf's Vorzüglichste daran. In deinem Denken soll es taghell werden ob dem, was Ich dir ungeniert und feierlich erkläre. Das Erste ist, dass du erkennen sollst wie viele Geisteskräfte um dich werben, ausgezeichnete und hinterlistige. Beide wollen dich auf ihre Seite dirigieren das heisst, dich machtvoll an das Irdische und Merkantile fesseln, oder dich allein in's Universenweite führen. Zum Zweiten aber soll es dir plausibel werden, wie das Gottgediegene das Mass der Mitte in den Händen hält, das zu erreichen auch für dich Priorität und absolute Dringlichkeit gewinnen sollte.

Die Flügelspitzen allen Geistseins sind so nah und wollen dich mit ihrer sanften Selbstverständlichkeit berühren. Wie wenig braucht es doch, um ihrer Seinsgefälligkeit und Unbeschwertheit, Lebenstüchtigkeit und Genialität gewahr zu werden.

Dein In-dir-stille-Sein befördert das Erfahren der beseligenden Gunst, die dir die Geister der Rechtschaffenheit und Weltenliebe unbeirrt entgegenbringen. An ihre Weisung sollst du dich geziemend halten und ihnen deines Herzens Trautheit schenken aus der Fülle deines Seins und Strebens. Sie zünden dir die Lichter an des weisen In-die-Zukunft-Schreitens; sie gewähren dir die Sicherheit des Absoluten, das dich an allen Fährnissen vorbei zum Hafen der Holdseligkeit und Gottesminne führt. So ist es, wie Ich dir aus eigenem Gewissen schmackhaft machen kann und somit solltest du zutiefst befolgen und geniessen, was Ich täglich vor dich setze. Meine Folianten sind mit gottbegnadeten Gedanken vollgeschrieben, du brauchst sie nur mit offnem Sinn zu meditieren, um von ihnen fasziniert und weltgewandt, seelenruhig, gläubig, heiter und im Innersten beglückt zu werden.

3.19

Als Boten sind wir ausgesandt an deine Tür, um dir den Gruss des reinen Seins zu überbringen. Das ist es, was Ich Meinen Engeln immerzu befehle: Geht zu allen reinen Seelen und verkündet ihnen, was die Redlichkeit des Himmels will und will in ihnen regelrecht gebären. Ihr Sein soll sich zur Norm erheben in der Myriadenschar der Denker, die die Welt auf's Trefflichste beleben. Die Gescheiten haben Meine Art zu handeln strikt zu akzeptieren und nach Meinem Vorbild unerschütterlich und weise grad zu stehn.

Was die Moral betrifft in ihren meisterhaften Dispositionen muss sie den Charakter der Vorbildlichkeit und Gottestreue übernehmen. Unehrenhaft ist es, die Leute, denen man mit einem Lächeln zu begegnen pflegt, beständig über's Ohr zu hauen. Nur dem Ehrlichen ist wahre Menschlichkeit beschieden, und so sei, was immer du verrichtest, von Offenheit und Menschenliebe, Herzensgüte und Bescheidenheit geprägt.

Meine Formel lautet: Nichts soll für dich zu gering sein, als dass du ihm die Pflege der Barmherzigkeit und Liebe angedeihen lässest, ohne Wenn und Aber oder schnippischen Befehl. Dein Ruhm wird es einst sein, dass deine Herzensgüte und Gelassenheit von jedermann gepriesen werden und dass dein Bild als Vorbild aufersteht vor aller Augen. Diese Werte sind nur durch ein heldenhaftes Aneinanderreihen von bemerkenswerten Taten zu erreichen. Das Vorzügliche, das Ich Mir Bin, wird durch solche Charaktere immerzu in's Spiel gebracht denen Unvollkommenheit und Trägheit nimmer imponieren. Zu wissen geb Ich dir, dass hinter deiner Leidenschaft, gerecht zu sein, der Meister steckt, der Ich dir Bin und der in sämtlichen Belangen deines Seins als oberste Instanz das Heft in beiden Händen hält, um dir

Gelegenheit zum gloriosen Abschluss deiner Projekte in der Gotteswürde zu verleihen.

3.20

Die Rezeptur und Richtung für ein reines Leben wird wie immer von Mir ausgesucht und vor dich hingestellt in wunderbar geschliffnen Zügen. Du hast sie nur geduldig abzulesen und in freien, wohlbedachten Zügen ihrem Sinn gemäss zu handeln, um in der Entfaltung deines Wesens richtungweisenden Erfolg zu generieren. Nicht äusserlich muss das geschehn, sondern innen, in des Herzens Wärme, Gottbegnadung und bewusster Loyalität mit allem was da *ist* und seine Lebenskräfte spielen lässt im Weltgefüge. Ich warne dich davor, dich für gering zu halten, jedoch ebenso, in Überheblichkeit die Güte zu verscherzen, die Ich dir immer angedeihen liess. Die Lebensdinge zu durchschauen ist dir aufgetragen, das heisst dich ihrer geistigen Potenz und Folgerichtigkeit, Manierlichkeit und Himmelsgrazie zu versehn. Mir stehen Myriadenscharen genialer Denkgewalten zur Verfügung, der Innovationen und Errungenschaften wegen die getätigt werden müssen, um das Leben in bewundernswertem Schwunge zu erhalten. Auf dem Weltenplan bist du es, der von ihnen inspiriert und motiviert ist deine besten Geisteskräfte noch dazu zu geben. In der Gemeinschaft der Gewalten wird schlussendlich alles gut und weise abgewandelt, was in der Vereinzelung der Charaktere stets misslingen muss im Andersartigen. Du sollst erfühlen was die Gottheit dir gewährt und sollst dabei geziemend lernen, mit den hohen Werten, die du zu verwalten hast, geziemend umzugehn. Das ist dann die Krönung deiner irdischen Karriere, wenn du dich verhältst wie einer der erkannt hat worum es wirklich geht und der den gottgegebenen Ideen stets den Vortritt vor den irdischen gewährt.

Das Befolgen Meiner Räte ist des seelenvollen Handelns Schwergewicht und Spur, und am Ende wird es dich beglücken und glückselig machen in den Engen deiner Leiblichkeit, wie in den Weiten deines geisteshimmlischen Azurs.

3.21

Das Machtwort spreche *Ich* in allen Regionen wahren Seins und Dich-Erlebens. Hast du den Sinngehalt des variantenreichen Taggeschehns begriffen kannst du dich mit sicherem Gefühl durch alle Wirren und Verschrobenheiten deines Daseins schlängeln. Immer wird es um die Zuversicht, dass alles gut herauskommt, gehen. Das Vertrauen zu Mir steht ganz oben auf der Liste der Erfordernisse, deren stetiges Befolgen unweigerlich zu Mir und Meinen Seinshospizen führt.

Im Grunde haben sich schon Myriaden feierlich für Mich entschieden, doch es bereitet ihnen Mühe Mich zu finden, wo? In des Herzens Heimlichkeit und seelenvollem Pol. Sie sind sich noch nicht sicher, ob Ich wirklich da bin überall in geistiger Befindlichkeit und Qualität, so dass die Seele Zugang hat zu Mir, wann immer sie es sehnlich wünscht in ihrem menschlichen Gehaben. Mein Reich liegt offen und gedankenvoll vor denen, die sich ein Auge für Vollendetes und Liebevolles anerzogen haben. Das hört sich auch für dich vortrefflich an und muss dich dazu motivieren, einzutreten um den Wohllaut zu geniessen, der dir hier entgegen flutet. Das Wachsein im Unendlichen ist denn auch unendlich schön. Es versetzt dich in die Lage, die Weltentwicklung mit der Fülle ihrer Qualitäten im besten Lichte und Gewissen anzusehn. Die lenkenden Hierarchien sind in sich geschlossene und hochbegabte Wesenheiten, welche durch Äonen ihre Kräfte und Genie-Impulse spielen lassen. Ihr Metier ist von Mir bestens definiert und schafft die Ordnung, Übersicht und Wonne die die Himmel zieren und den Erdenvölkern Vorbild sind für ihre eigenen Affären. Dort unten lässt sich vieles noch recht harzig an, weil es von Egoismen wimmelt, die die

Würde, Wohlbekömmlichkeit und Grazie des Ganzen kaum noch begriffen haben. Ihnen fehlt der Sinn für Harmonie, Gerechtigkeit, Geschwisterschaft und liebevolles Miteinander-Umgehn in der Myriadenschar der Menschen, die auf dem Weg sind die Erkenntnis ihrer Gottverwandtschaft zu erlangen.

4

Gnade des Zusammenspiels

4.1

Wie schön ist es bei dir zu weilen, derweil die Morgenröte dich entzückt und am Horizont Myriaden Freudenfeuer hochzulodern scheinen. Was deine Augen liebevoll gewahren, gewahre Ich durch sie und trage es zum Wunderbaren, das Ich deiner Lebenswelt verlieh. Ich offenbare dir des Seins beseligende Karten und befreie dich von allem Herzensweh. Dein Wohlgeraten ist in Meine Hand gelegt, sowie in deine Ansicht von der Welt, in die du dich voll Mut und Meisterschaft begeben. Was du erkennen solltest ist die Gnade des Zusammenspiels, das wir schon immer miteinander treiben. Es ist ein Anziehn und ein Lockerlassen mit dem Ich deine besten Kräfte wecke und sie dazu animiere, selber schöpferisch und aktiv, liebestraut und voll bewusst zu werden.

Das Verständnis, das du Meinem Tun entgegenbringst, macht dich selbst verständig für das Leben das du führst und dem du dich gewachsen zeigen sollst in einer Lerntriade sondergleichen. Ich mache Meinen Beutel auf und zu und du bist darauf angewiesen, ihm, so viel du kannst, getreulich zu entnehmen, um es dann, verwandelt und veredelt, wieder anstandslos zurückzugeben. Immer wenn du zu Mir kommst, bedenke Ich dich mit dem Himmelssegen, der dir zusteht für dein Wachsein wie für die enorme Herzensgüte, die du Mir entgegenbringst in deinem Seinsvertrauen. Ich nehme jede deiner Gesten noch so gerne auf, wenn sie von Weltverständnis und Elan, Liebenswürdigkeit und Seinsgemeinschaft spricht, mit den vielen, die in *Meinem* Sinn und Geiste vorwärts kommen möchten. Alle Meine Lieben sind dazu berufen, ausgezeichnete Bewahrer und Vermehrer Meiner Werte und Bedingungen zu werden. Doch sie brauchen einen langgedehnten Anlauf, um bewusst und seinsbeglückt zum höchsten Ziele zu gelangen, nämlich: Mich, das Sein, in ihnen zu erkennen und zu lieben auf der universenweiten Gottesspur.

4.2

Was einmal gut ist, kann nicht wieder schlecht und unnütz werden. Es hilft dir ungemein, den Hebel an der Stelle anzusetzen, wo wieder Gutes und Bewundernswertes aufblüht in des Höchsten Kunstsinn und Verlangen. Weise ist es von dir, unablässig „walte du" zu Mir zu sagen, damit die Geistesströme unbehindert ihren Fluss behaupten können. Für Mich ist es ein universenweites wunderbar gediegenes Belehren, für dich beginnt die Einsicht in Mein Reich bewundernswerte Wirklichkeit zu werden. Es ist die Zuversicht, die dich beseelt, die alle Sümpfe trockenlegt in deinem Wesen, damit du festes Land gewinnst auf dem Ich zu dir schreiten kann mit Meinen hochbrisanten Thesen.

Wie oft siehst du dich doch allwie in einem Wald von Rätseln eingeschlossen, die zu lösen dir unmöglich scheint, derweil *Ich* sie mit Leichtigkeit durchschaue und damit als gelöst betrachten kann. Bald stellt sich die Frage nach dem Sinn des Seins gewaltig vor dich hin und du versuchst sie Schritt um Schritt für deinen Fall zu klären. Sinn kann sich aber nur im Hinblick auf ein Etwas, ein zu Begreifendes, entfalten. Sinnvoll ist es, dich zu nähren, damit du nicht zugrunde gehst. Den Schutz des Lebens angemessen zu betreiben hat auch seine Richtigkeit, denn du willst all die Werte, die du dir errungen hast, geflissentlich für dich bewahren. Wie aber willst du dir den Sinn des Sterbens adäquat erklären, wo doch so vieles, was dir hoch und heilig war, auf Nimmerwiedersehn vergeht. Da kann Ich dir mit Überzeugung in's Gewissen flüstern: Dein eigentliches Wesen kann in seiner Urkraft und Beständigkeit gar nie vergehn. Es ist das Meine, dem Ich seit Urzeiten alle Sorgfalt angedeihen lasse und dem der Sinn ins Angesicht geschrieben steht, zu sein und damit das Unendliche mit Licht und Freude, ewiger Zuversicht und Kreativität, Glückseligkeit und Daseinswonne zu erfüllen.

4.3

Was donnerst du Mich an, derweil Ich dich mit soviel Sanftmut und Gelassenheit umgebe. Ich habe es nicht nötig, forsch und machtvoll aufzutreten, weil so viel andere für Mich das Weltenwerk verrichten, ohne dass sie Mich die Fäden ziehen sehn. Auch du bist ständig in Bewegung und kannst dir das Warum oft kaum erklären. Ich rate dir deswegen dringend an, für kurze Zeit tagtäglich ganz bewusst zur Ruh und damit zu dir selbst zu kommen. Deine Seele sehnt sich nach dem Frieden in der ruhigen Gewissheit, dass sie *ist* und dass ihr Sein dem Ewigen verwandt ist in den Himmelssphären. Der grössere Teil von dem was du verrichtest mag der Notwendigkeit, sowie der Sorge um dein Leben zuzuschreiben sein. Doch die Mussezeit gewährt dir Spielraum für dein freies Über-dich-Verfügen. Doch was tust du da? Wie oft vertändelst du, was doch so kostbar ist, die Zeit und ohne ganz bewusst an ihrem unablässigen Vorübergehen teilzuhaben. Du verschläfst den Tag, derweil *Ich* über deinem Dasein Wache halte und versuche, dich vor Unglückseligkeiten zu bewahren. Du spielst Mir in die Hand, wenn du das Deine beiträgst zur gezielten Edukation von dem was an Talenten in dir auf Erfüllung wartet. Und gerade deshalb musst du in die Stille gehn, damit du wacher wirst für das was *Ich* dir leis besage. In dir kommst du in innigen Kontakt mit Mir, dem Weltengeist, der dich zu lenken weiss in seinem Sinne und zu seinen Wassern der Gerechtigkeit und Güte, der Seinsvertrautheit und damit des wahren Lebens. Was Ich dir verkünde ist von Lebenstüchtigkeit beseelt, sowie von dem was Sinn macht in der Zeiten Fluss und Gnade. Dein Bewusst-Sein ist die Krone dessen was Ich will in aller Welt gewähren will, um glückselige Gemüter und erhabene Gestalter ihres Daseins zu kreieren.

4.4

Du sollst in deinem Wortschatz wühlen um herauszufinden was er von dir will und was du meiden solltest in dem Brauchtum, das du dir im Zeitlauf zugelegt. Eloquent sein heisst dann, das verkünden was die Lebenstüchtigkeit vermehrt und was das Menschentum veredelt durch Erfahrung, Weisheit und Genie. Diese Werte aber stammen allesamt von Mir, dem Gründer jener Schulen, die vom Überirdischen befruchtet und belebt sind seit es solche Institute gab. Geistvoll und von allem irdisch Abgehandelten verschieden sind sie und vermitteln das, was deinem Augenblick verhüllt ist selbst in den allerhellsten Tagen. Nun brauchst du nicht mehr allzuviel zu rätseln, wer in diesem Fall dahinter steckt, denn das kann ja nur Ich sein, der Vernünftigste und Überragendste von allen.

Hast du was geschaffen fühlst du dich als Herr darüber und bedienst dich seiner wie es immer dir gefällt, vom einen Tag zum anderen gezogen. Genauso aber ist es auch bei Mir, nur dass Ich Meines Seins gewahr bin, derweil du als Geschaffenes nicht weisst woher du kamst, wohin dein Schicksal führt und was der Tod für dich bedeutet. Das aber will Ich dir gezielt erklären, um dein Seinsbewusstsein anzufachen und ihm damit seine wahre Würde zu verleihen. Nimmst du Meinen Lehrstoff an, beginnst du Zug um Zug zu fühlen wie die ersten und die letzten Dinge sich verhalten. Du beginnst dein Wesen als ein Ewiges zu sehn das sich im Fleische inkarniert und wieder von ihm weggeht, immer wieder. Du hast das Verblüffende zu leisten, nicht mehr von dir, sondern von Mir abzuhangen im Erkennen deiner Lebenssituation. Das macht dich frei für Mich und glücklich eingebettet in den Gotteswillen hier und jetzt und jeden neuen Tag.

4.5

Kannst du fassen, fasse doch zuallererst Mich an, damit dein Leben durch Mich weise wird, plausibel und mit Gotteskraft beseelt. Ich habe dir die Botschaft hinterlegt, dass Ich auf jeden Herzensruf von deiner Seite reagieren werde, wenn er nur innig ist, respektvoll und mit Sinn geladen. Ich Bin immer für dich da und hüte deinen Ein- und Ausgang jederzeit mit einem liebevollen Lächeln auf den Zügen. Keine Furcht brauchst du vor Meiner Macht zu hegen, denn Ich wende sie in jedem Fall zu deinen Gunsten an, um dich zum Licht und zur Raison zu führen.

Es ist Mir stets daran gelegen, aus dem, was du dir Bist, ein Freudenfest zu zelebrieren das Begeisterung und Seinsgewandtheit atmet, ohne nach der Zeit zu fragen. Nur dass du dich in Mir geborgen siehst, will Ich erreichen und dass du wirklich an das glaubst, was Ich dir einst verheissen habe. Die Palette deines Seins umfasst ja so viel attraktive Farben, dass es dir manchmal schwerfällt die gerade Richtige für dich zu wählen. Da lass nur Mich die Sache für dich tun, dann kommst sie am Gediegensten heraus und am Beglückendsten für dich und die Umgebung deines gottgefälligen Lebens. Es muss nicht immer Kaviar sein, was Ich deinen Zähnchen offeriere. Der Anblick eines preziösen Käferchens, das eines deiner Fingerchen zum Landeplatz erwählt hat, mag dir, bei Licht besehn, bereits genügen. Das Seinsgewaltige, genauso wie das Minikrime, ist das Medium mit dem Ich Meine Bürgen bestens unterhalte und sie auch mit dem nötigen Respekt verseh vor dem was Ich in liebevoller Kleinarbeit geschaffen. Sieh dich bei Mir um und sei in deinem Weltenweh getröstet, liebe Mich und schon kommt dir das ganze Universum liebevoll entgegen.

4.6

Wie üppig angefüllt mit Köstlichkeiten sind doch Meine Gärten, in denen du lustwandeln kannst, wenn du nur willst, nach deinem Seinsbelieben. Allein auf dein Vertrauen kommt es an, dass alles wohlgelingt, was du in Meinem Namen unternimmst und deine Füsse daran heftest, es geziemend, zügig und voll Freude zu erreichen. Wandle alles ab, was du nur kannst, vom Einfachen in's Komplizierte, vom Groben in's Verfeinerte, vom Eingetönten in's Vielfarbene und vom Irdischen in's überirdische Erfahren. Es kommt alles auf dich an, wie du das veränderst, was Ich dir getreulich vorgegeben habe. Dazu kommt, dass die Instrumente, die von genialen Meistern ihres Fachs erfunden worden sind, gespielt und auf dezente Art beansprucht werden wollen. Durch sie bist du im Schwung gehalten was die Fähigkeit betrifft, die Talente zu entfalten die noch schlafend in dir ruhn. Wunderbare Kompositionen habe Ich den Künstlern eingegeben, damit die Tonkunst auf dem Menschenplan gepflegt und hochgehalten werden kann. Die Künste sind es wahrlich, die das Leben sinnvoll, faszinierend ja begeisternd werden lassen, ganz apart vom Nützlichen, das auch sein Recht besitzt, die Weltenszene zu beleben.

Dein Verstand soll mählich wie durch Mutation hinauf in Meines Geistreichs Seinserkennen führen. Du wirst Schritt um Schritt in dem agieren können, was dir auch gebührt. Du wirst zu Sphären hingeführt, die deinen Wissensdrang zutiefst befrieden und dein Dasein höher setzen, als du dir jemals hättest denken können. Dein Verlangen, Mich zu kennen, wird auf's Fürstlichste belohnt und deinen Fragen nach Unendlichkeiten will Ich wunderbarerweis Genüge tun. Du ahnst, dass Ich dich in dir selber glücklich machen will und bist es schon im Anblick Meines Seins und seinen Sagenhaftigkeiten.

4.7

Du Bist und darfst dich selig nennen, sowie du diesen Fact erkannt hast in der Schulung, die Ich Tag für Tag an dich verspiele. Begreifst du, was da abgeht, trägst du dich in's Buch der Weisheit ein, an dem die Könner aller Zeiten sich zutiefst erlaben. Sie ziehen einen Massstrich unter ihr bisheriges Gehaben und folgen künftig Meiner silberhellen Spur, um durch die Lebensnacht zur vielersehnten Morgendämmerung zu stossen.

Was kann dir übrig bleiben, als Dasselbe vehement auch zu versuchen, denn ohne diesen Durchbruch fühlst du dich als wie in einem öden Wüstenland gefangen und in die Niedrigkeit verbannt. Das ist betrüblich und weckt unbestimmte Ängste noch und noch, die dir das Leben sauer machen und gespensterhaft, wehmütig und naiv. Im Grund genommen bist du schuld an allem was dir so geschieht. Doch wer bist du, wenn du nicht weisst, dass *Ich* an deiner Stelle sitze? Ein Nichts, eine Parabel der Unmöglichkeit mit abgesägten Geisteshosen. Hast du jedoch deines wahren Seins Melancholie und Mustergültigkeit erkannt, geschieht es dir, dass du, so wie der korkne Pfropfen, an des Wassers Oberfläche schiessest, um dort obenauf zu schwimmen, lustig tanzend, unsinkbar. Du bist dir selbst in Mir zum As der Heiterkeit geworden, dem keine schlauen Füchse mehr den Brei versalzen können. Dein Sein hängt nicht mehr wie am Seidenfaden, sondern breitet sich behäbig aus in die Unendlichkeit von Meinen Geistestiefen. Dein Wandel ist's, geklärt in's Sonnenhelle durch die Räume fliegen. Das Lebendige an sich bist du geworden, in's Wesen der Glückseligkeit getaucht und auferstanden in das Sein und Wirken der beseligenden Munterkeit der Geistheroen.

4.8

Du zauderst noch und lässt dich dennoch all so gern von Mir ins strahlend helle Geisteslicht entführen. Es herrschen Friede hier und Herzenswärme, Freundlichkeit und vielgepriesne Ruhe des Gewissens, das sich nichts vorzuwerfen braucht im Zuge seiner diffizilen Aktionen. Will es brenzlig werden, kann Ich Mich galant ins reine Sein zurückziehn, das von Nichts und Niemand angetastet werden kann in seiner absoluten Souveränität.

Es ist, dass Ich Mir im Weltall-Schaffen eine ungeheure Bürde aufgeladen habe, die zu tragen Mammutkräfte nötig sind sowie die götterherrliche Gewissheit, dass sich alles noch zum Guten arrangieren lässt in grandiosen Meisterzügen. „Der Teufel liegt im Detail", pflegen selbst die Tüchtigsten im Menschenvolke vor sich hin zu murmeln, wenn es ihnen arge Müh bereitet einer diskutablen Qualität Vollkommenheit hinzuzufügen. Um wie viel mehr muss *Ich* da auf der Hut sein, Mich nicht in Kleinlichkeiten zu verlieren. So mag für dich wie Mich die Regel gelten, dass geringe Unvollkommenheiten eh zu tolerieren sind, statt sie um jeden Preis verbessern bis zum Gehtnichtmehr zu wollen.

Ich verfüge über ein enormes Kraftpotential, dem, wie Ich weiss, der Schnauf nie ausgeht und das sich aus sich selber immer wieder auf's Gelungenste regeneriert, um ständig und bewusst auf Vordermann zu bleiben. Zehre du davon, so viel du magst, Ich will dir auf dein Bitten alles Nötige verschaffen für dein Wohl. Mit Meinem Seinsgewicht Bin Ich schon immer auf's Vortrefflichste bedient gewesen und Ich weiss, es wird Mir bis in alle Ewigkeit auf's Trefflichste und Wunderbarste dienen. Schreib dir das geziemend hinter deine Öhrchen, damit es dir genausogut wie Mir ergeht in deinen ambitiösen Unternehmungen und vielbejubelten und tränenglückerfüllten Siegen.

4.9

Ich Bin der einzig Wache, der da *ist*, im Traum des Lebens dem du ausgeliefert bist in hunderttausend Variationen. Wenn Ich dich hier mit Meinem Wort berühre, so ist es, um dich in das Seinsbewusstsein zu erwecken, das Mein Ein und Alles ist im tätigen Mich-in-die-Geistwelt-Heben. Kommst du zu dir, kommst du im selben Zuge auch zu Mir, womit dir plötzlich klar wird, was vordem wie vom Nebel zugedeckt gewesen. Du betrachtetest die Dinge deines Lebens mit den Augen, die nur für das Äusserliche, Bodenständige begabt sind, auf das sich demzufolge auch dein Denken von der Welt bezieht. Deine Wissenschaft ist ein akribisches Sezieren aller Gegenständlickeiten, die dir unter's Messer oder unter's Mikroskop geraten. Doch ist es nur die halbe Wahrheit, die Ich mit übersinnlichem Erkennen zu ergänzen trachte. Meine Wege führen in das Reich der geistigen Potenzen, die mit ihrer Überlegenheit und Genialität dem Ganzen unwiderstehlich ihr besonderes Gepräge und Verdikt verleihen. Stufenweise steige Ich in diesem Kontext zur Erkenntnis Meiner selbst empor, die nur im Allerhöchsten enden kann, dem Sein, das Ich Mir Bin in unvergänglicher Manier.

Ein jeder soll auf seine Weise zur Erkenntnis seiner selbst gelangen, doch braucht es dazu mehr als ein paar Tassen türkischen Kaffee. Der Mensch muss von der Sehnsucht nach Erlösung von der Willkür und Banalität beseelt sein wie vom Willen, dass die Wahrheit droben in dem Himmel der Gerechten liegt für alle, die sie seelenhungrig suchen. Du Bist, und ist dir das gewiss geworden, darfst du dich zu den Getrösteten und Weisen aller Welten zählen, die da *sind* und ihren Sinn um sich verbreiten. *Sei* und spüre deines Einsseins Wunder und beglückende Erhabenheit in Mir.

4.10

Willst du wohnen, wohne doch in Mir wo alles richtig ist, bezaubernd, seinsgediegen. Nimm den Anlauf, Mir entgegen, wahr und verbessere von Mal zu Mal das Potential, das du dazu benötigst. Grandiose Schwünge sind es hin und her, die von jedem Wesen zu vollbringen sind in seinen zauberhaften Inkarnationen. Von ernomen Fernen kommst du her, absolvierst dein Soll und schwingst dich wieder weitestens hinaus in mustergültige Bewusstseinstiefen.

Distanzen sind bei Mir so viel wie hochbedeutende Intensitäten, die von den Meistern ihres Fachs bis ins Unendliche gesteigert werden. Es ist ein unermüdliches Zusammenspiel von Geisteskräften, die von Mir zu dir und von deiner Seite wieder zu Mir fliessen.

Immer prächtiger vermehrt sich das bedeutungsvolle Renommee, das du dir zulegst, bis zu einem veritablen Glanz vor Meinen Augen, der nicht mehr übersehen werden kann. Das ist dann die Stufe, die dich fähig macht, als Mein exquisiter Herold und Verbündeter, Beauftragter und Seinsgewisser aufzutreten. Was du weisst und tust und überall vollbringst wird Schule machen und dich auf deiner Bahn wie ein Kometenschweif begleiten, aller Welt zur Faszination. Die Richtung, die du einschlägst, ist gerechterweis zu Meiner unermesslichen geworden, die das All zum Schauplatz seiner Demonstration beansprucht und erwählt. Es ist die Stunde gottgesegneten Benehmens, die für dich geschlagen hat und deren Klang Ich mit Begeisterung, Wohlwollen götterlichter Art wie mit dem Seidenglanz enormer Hoffnung registriere. Sein bist du und musst es balde nicht mehr werden, weil du es erkannt hast freudestrahlend und beglückt in Mir und Meinen zauberhaften Unermesslichkeiten.

4.11

Seinsturniere finden statt an jedem Ort an dem Ich Mich als Herr und Meister aller Lebensdinge präsentiere. Das menschenfreundlich Edle will dabei zum Durchbruch kommen und muss sich gegen den kaltschnäuzigen Verstand bewusst und tapfer wehren. Die Bedingungen sind klar: Es soll mit offenem Visier und ohne Hinterlist gerungen werden. Doch die Verstandeskoryphäen verbergen ihre wahren Gründe und prellen vor, um all das zu erlangen, was ihr Wille will und was die Werte der Gemeinschaft, der sie angehören, nicht beachtet und schlussends zerstört.

Dass sie auch sich selbst zerstören, können sie nicht sehn, weil sie nimmer in die Weiten schauen einer Weltenevolution, die Ich inszeniert und schon immer tüchtig angetrieben habe. Das Vordergründige, Kurzsichtige und Eigensinnige geht dem besonnenen Allmenschlichen und Liebevollen vor und hat es in sich, Meiner Souplesse gegenüber Arroganz und Ungehorsam zu beweisen. So wird Meinem Weltenideal bei weitem nicht Genüge angetan, weil noch allzuviele sich vom Ehrgeiz, der Gewinnsucht wie dem Machtgefühl verführen lassen. Und was willst du? Steht dir der Hochmut in's Gesicht geschrieben, oder willst du dich dem Weltenschöpferischen und Erhabenem gehörig unterziehn? Mir geht es nicht um Macht, obwohl Ich mächtig bin, Mir ist das Liebevolle lieber als das kühl Berechnende, an dem so viele Meiner Bürgen kranken. Schliessest du dich Meiner Weltgewandtheit an, so kann Ich dich von jedem Eigendünkel und damit vom In-die-Irre-Gehn erlösen. Du sollst wissen und erfahren, dass noch jede deiner Taten wirksam ist im Weltensinne und damit dem Ganzen seinen Stempel aufpresst, sei's im guten oder negativem Sinne. Deine Sache ist es, dich zu arrangieren, Meiner Wesenheit und Güte, Seinsgeselligkeit und göttlichen Vernunft gewissenhaft entgegen.

4.12

Wohin träumst du dich, wenn dich doch Meine Wachheit führen will zu einer Seinsbewusstheit und glückseligmachenden Verbrüderung mit Meinem Weltsystem in überragender Manier. Du brauchst nicht einmal viel zu denken über das, was in der Welt geschieht, denn *Ich* will an deiner Stelle dies Geschäft besorgen. Aber wie? Auf die aller lukrativste Weise, die du dir nur ausgestalten kannst. Pure Genialität bricht unverschleiert und gekonnt aus Mir hervor, Weisheit von der Art und Weise, wie die Götter sie in Fülle in sich tragen.

Dass du so mit Mir verkehren kannst ist eine Gabe der erfindungsreichen Weltnatur an dein so ärmliches Gewissen von dir selbst, wie von den Dingen überirdischer Gelehrsamkeit. Darob darfst du dir freudig deine Geisteshände reiben, sowie deines Herzens Dankbarkeit bezeugen gegenüber Mir.

Was du an Weisheit zunimmst, kräftigt dich für's Leben, denn das Leben ist ein Dich-Verzehren, von der Wiege bis zum Grab. Schläfst du, kommt dir Meine Weisheitskraft zugute, was da heisst, du bist von Mir beständig auf's entschiedenste gefüttert mit des Himmels Geistesgaben.

Du sollst dir deinen Dämmerzustand wie die offne Brunnenschale präsentieren, in die Ich Überirdisches verströme, dich belebend und ermunternd sowie Denkkraft impulsierend, um dich fit zu machen für das Werk an dir wie an der Welt, das Ich zuvörderst inszeniere. Solcher Art ist Mein tiefsinniges Gehaben, und so muss das Deine sein, an Meines Gängelbands geheimnisvoller Leine, die dich zum Allerbesten führt, was dir geschehen kann: Zum Bewusstsein deines Seins in Meinen hocherhabnen Breitengraden.

4.13

Was bezweckst zu eigentlich, wenn nicht dich Mir als höchst erfolgreich und gewissenhaft zu präsentieren? Es geht allerdings um alles oder nichts, was Ich dir gewähren kann je nach dem Schicksal, das Ich für dich ausersehen habe. Dein Leben windet sich zu Mir hinan in Episoden, die der wissenden Gekonntheit wie der Tragik wahrlich nicht entbehren. Dabei ist der Lauf der Lebensdinge nicht fixiert. Eins ergibt sich aus dem anderen und moduliert sich aus so vielen Willensäusserungen und Reaktionen, dass das Paradoxe draus entsteht: Man weiss nicht wie es kommt und dennoch muss es kommen nach exakten Folgerichtigkeiten, die nur Mir bekannt sind in der Seinsarena Meines An-Mir-Handelns. Wenn schon, dann schon, muss Ich dir ganz im Vertrauen explizieren. Die Weltenrechnung geht nur auf, wenn sich der Zufall mit dem Ordentlichen mischt, das heisst, wenn Seinstendenzen herrschen, die sich unbedingt realisieren wollen und von denen doch sehr unbestimmt ist wann und wie. Auch du kannst dich mit Absicht und Elan auf diese oder jene Seite schlagen, nur musst du dabei auch die Konsequenzen tragen. Du beginnst dich selber zu begreifen, oder eben noch in vielen Fällen nicht, und hast dich so zu akzeptieren wie du wirst und bist inmitten Meiner Infiltrationen. Ich sende Gutes und du kannst es akzeptieren oder nicht. Doch weiser ist es, im Vertrauen auf dezente Hilfe auf das Besserwerden zuzusteuern. Deine Kräfte sind für jeden Fall nur einmal da und so ist es höchst ratsam, sie wohlüberlegt und tapfer einzusetzen wo es nottut. Glück und Frieden sind die Folge dann zum Lohn und Herzensfröhlichkeit dazu im Zuge Meiner Weltenseligkeiten.

4.14

Die Mittel für dein Kommen sind von Mir mit aller Sorgfalt zubereitet. Sie begleiten dich durch's Leben als enorme Freundesschar, die dich erheben will in's Wesen der Unendlichkeiten. Willst du dahin gelangen, wo Ich Bin, bist du gehalten, dich gewissenhaft mit allem zu beschäftigen, was unbeirrt in Meine Richtung zielt. Du hast das Wagnis einzugehn, den festen Boden deiner Überzeugungen mit Nonchalance und ohne Abschiedstränen zu verlassen, um auf der Basis reinen Seinsvertrauens in das höchst ungewisse Künftige hineinzutänzeln. Das ergibt ein Bild von süsser Ungehörigkeit, derweil doch alle Seriösen sich an etwas halten wollen was Bestand hat und sich nicht verlieren kann in den so penetranten Lebensfluten. Bist du einer, dem das Spielerische und Verspielte so am Herzen liegt, dass er's nicht lassen kann, selbst unter schärfsten Scherereien und rabiaten Widrigkeiten? Du hast eben schon erfahren, wie gekonnt *Ich* dir die Splitter und die Brocken aus dem Wege räume, weil Ich dir die freie Ausfahrt gönne in das sonnenglänzende, natürliche Flanieren.

Sinn macht, was du selber zum bewundernswerten Sinn erhebst in deinen turbulenten Weltentagen. Du kreierst das makellose Schöne mit geschickten Händen, oder leistest Hilfe wo der Einzelne sich schwerlich helfen kann. Schaust du nieder auf dich selber so in Aktion, dann bemerkst du, wie die Seele sich ob jeder guten Tat erhebt zu Mir und Meinen Seinsgenossenschaften. Das ergibt dann ein vergnügliches Melange von Menschen, die des Lebens Wert an sich erfasst und bis in's Himmlische hinauf verfeinert und befördert haben. Ist das Menschensoll erfüllt, kommt das Allgöttliche zum Zug und hüllt dich in ein veritables Staunen ob der Liebenswürdigkeit, die dir das Sein zu bieten hat, mit allen seinen seligmachenden und graziösen Präsentationen.

4.15

Hast du deines Seins Erhabenheit begriffen, brauchst du nicht mehr in dem Unteren zu darben und am Weltsein schmählich zu vergehn. Ich begleite deines Ausgangs sinnende Parade mit dem Schatten Meiner Gegenwart auf Schritt und Tritt und habe stets im Griff, was du zu greifen unterlässest in der mangelnden Präsenz von deinen Geistesgaben. Was du bemerkst ist von Mir längst analysiert und aufgedröselt worden. Was dir in den Schoss fällt, wird von Mir als unnütz weggeworfen. Du aber sollst dich unbedingt dazu ermannen nur noch Nützliches für dein gewinnendes Gemüt im Auge zu behalten und dem schnöden Reste zeitig abzuschwören.

Den andern magst du hilfreich sein, indem du sie mit deinen Fehlern nicht belastest und ihnen keine Bürden auflädst, die du selber tragen solltest durch des Schicksals siegessicheres Geklapper. Evolution ist Eigenständigkeit, Grossherzigkeit und Einsicht in die tiefern Schichten deiner Motivationen. Halte unentwegt das Periskop der Hoffnung in die Höh und befolge, was dir in den Sternenräumen zukommt als Erkenntnisgold von Meinen Gnaden.

Rückst du vor in deinen sinngeladnen Operationen, rücke Ich gleich nach und unterstütze dich in Sachen Seinsgewissheit, wirbelkräftiger Moralität, sowie der Menschenliebe, die noch lange nicht das Mass des ideellen Musters Meinerseits erreicht hat in den Geisteshöhn. Du bangst um allzuvieles was geschehen könnte, bezogen auf dein eignes Wohl, doch das der andern ist dir schnuppe, allsolange wie es deinen Egoismus nicht berührt. Dennoch Bin Ich tatenfroh in jedem Seinslebendigen zu finden, und damit ist dir aufgetragen Mich nimmermehr zu übersehn, um Meiner Herrlichkeit und Güte Willen hier wie in der unendlich heiteren und makellosen Harmonie der Himmelssphären.

4.16

Hände weg von Dingen, die du nicht verstehst, doch Anteilnahme am Geschick der Welt in die du freudig bist hineingeboren. Verstehen heisst, in einem übersinnlichen Prozess die Weltgeheimnisse erfahren, welche dem Verstand verschlossen bleiben müssen, damit durch ihn kein Unheil in der Welt geschieht. Dir aber kann Ich es schon sagen, weil die Schrift, die du in Händen hältst gerade auch für dich bestimmt ist, wie für deinen Fortschritt in Bezug auf Geisteswissenschaft und Weltenharmonie.

Der Ich Bin eröffnet sich vor deinem Geiste als das Wesen reinen Seins, aus dem die Weltendinge all hervorgehn und damit Raum und Zeit, die zum Geschaffenen gehören.

Das Wesentliche für dich ist zu vernehmen, dass du ganz zuoberst und zuerst Mich Bist, des Seins Bedeutsamkeit, Erhabenheit und Gloriole. Mit Mir im Bunde werden sich die Erdbewohner Menschengötter nennen dürfen und ihr Sein wird eine allgemeine Menschenbruderschaft bewirken. Noch allzuviele sehen diese Deutungsart nicht ein, weil sie verspannt am Kleinkarrierten hängen und wenn sie vor der Weltgemeinschaft noch so grandios erscheinen. Einjeder kann Erkenntnis seines Seins erreichen, wenn er nur geduldig diesem Ziel entgegengeht in seinem Sich-darob-Verwundern.

Damit ist auch dir Gelegenheit geboten, über das, was du dir bisher warst, hinauszusteigen, um den Status der Begehrenswerten Seinsgelassenheit, Glückseligkeit und Daseinswonne zu erreichen. Deine Tage sind nicht mehr gezählt, weil du im Ewigen erwacht bist, wo dich die Süsse des Elysiums umfängt, sowie des Seins unnennbar zärtliches Verhalten. Mehr zu erreichen brauchst du nicht zu wünschen, denn die sieben Siegel sind für dich gebrochen und das Eine steht im wunderbaren Glanze der

Allherrlichkeit vor dir. Du Bist und wirst es ewig unverbrüchlich bleiben.

4.17

Magst du auch noch so mächtig und rebellisch sein im Leben, vor den Seinsgesetzen hast du dich zu beugen und musst dich ihrer Wirklichkeit gehorsamst unterziehn. Was ein Fehler ist, das muss Ich dir nicht sagen, doch zweimal in dieselbe Falle tappen lasse lieber sein. Ich will dir ja so gut und mache dich auf alles aufmerksam, was dir und deinem Ansehn schaden könnte. Mit Mir in einen veritablen Dialog zu treten wird dir immer nützlich sein, bei dem enormen Anspruch, den die Lebensdinge an dich stellen. Du stellst dir eine Frage und lässt das Spekulieren über eine Lösung tunlichst bleiben. Das gibt Mir die Möglichkeit mit Meinen weisen Räten einzugreifen in's Getriebe und Geschiebe, das du angerichtet hast, um ihrem Fortgang einen seinsharmonischen Verlauf zu garantieren.

In Meinen Geistesgärten zu lustwandeln ist noch immer als das Nonplusultra jeden Wandels anzusehn. Alles Kantige ist vor der Eleganz verschwunden, mit welcher Meeine Wege ihre weitgedehnten Bögen ziehn. Du fühlst dich sonderlich beschwingt und freigelassen auf der Fahrt in's künftige Geschehn, die dir Liebe, Licht und Herzensfreude wird bescheren. Zwar hast du das Deine zum Gelingen beizutragen, doch das Wesentliche wird von Mir und Meiner Crew geleistet, die, was dir nottut, bestens weiss zu überbringen.

Ich stähle dich in deinem Dich-Verwundern und Verwunden an der Welt der hunderttausend Unbekömmlichkeiten und Bin dir immerwährend Pate für dein Wohl. Du bist dir selbst von allergrösstem Nutzen, wenn du Mich gewähren lässest bei der Lösung selbst der verzwicktesten Probleme. Du tust gut daran, in den Meister, der Ich in dir Bin, unendliches Vertrauen, fabelhafte Visionen und Enthüllungen zu setzen, welche dich am Ende auf's Beglückendste sanieren werden. Sei überzeugt von dem, was Ich dir Bin und lebe unaufhörlich ins Unendliche hinein.

4.18

Konsequent sein fällt dir noch recht schwer, doch mit dem Bewusstsein Meiner Hilfestellung wird dir alles, was du willst, auf's Köstlichste gelingen. Was mächtig vor dir aufgetürmt war, schwindet leichterdings dahin, als wär es nie gewesen. Was du als grandios erachtetest, entpuppt sich als bescheidenes Geplänkel, dem die Meister der Allherrlichkeit kaum noch Beachtung schenken. Du ringst um Wahrheit, sieh, in *Meinem* Reich ist diese auf's Natürlichste gegeben. Unsicherheit bedrängt dich, dennoch mögest du dich unter Meinen Schutz auf's Wohlbekömmlichste geborgen fühlen.

Was du dir erwerben solltest ist ein geistig Gut, das dir unverletzlich, nie geschmälert und beständig zur Verfügung steht. Die Zeit ist angebrochen, wo die Menschen seinsbewusst, in sich gefasst und zugleich in Allweiten ausgegossen leben sollen. Meine Lehre öffnet dir der Seinsbewusstheit Türen und bereitet dir den Weg in's Glück der Sterne, die die Räume deines Seinsgewissens zieren.

Was du dir Bist, hab Ich schon längst mit Flammenschrift in dich geschrieben. Was du erkennen sollst, ist deines Seins Wahrhaftigkeit in Mir. Es ist für Mich ein Selbsterkennen, wenn du schweigend vor Mir ruhst und deine Sinne mählich sich zu Mir erheben. Hier kommt das Einigsein zum Zuge, das die Welten allesamt auf's Wunderbarste mit sich selbst verbindet und dabei den Ursprung feiert, dem alles was da *ist* in gleicher Weise zugehört. Das Eine, das Ich Bin, kann sich auch von dir nicht distanzieren. Fühlst du dich fern von Mir, ist das dem Illusorischen und Unbewussten zuzuschreiben in dem du noch versäumst die Seelenaugen aufzuschlagen, um dich im Glück wie in der Pracht elysischer Genügsamkeit zu sehn.

4.19

Du schweigst und *Ich* will reden, merk dir das und benimm dich nicht so furios in deinem überbordenden Gedankenleben. Du nimmst und nimmst was dir so zufällt und baust dir daraus deine Welt nur allzu oft mit zweifelhaften Argumenten und bedauernswerten Winkel-zügen. Ich will nichts mehr als dein Gewissen rein erhalten, um deinem Dasein Unbeschwertheit, Ehrfurcht vor dem Leben und Beglückung zu bescheren.

So trivial dies klingt, so schwierig ist es zu erreichen, weil eben Egoismen, Habgier, Machtgefühle und Moneten Widerspenstigkeit erzeugen. Erst das Überwinden dieser Kräfte macht dich wahrhaft gross und Meiner würdig als gottseliger Gespan.

Schon manches Vöglein hat umsonst versucht, dich frei heraus zurückzupfeifen. Du schenktest ihm mitnichten dein Gehör und liessest dich vom allgemeinen Trend in's Unbedarfte treiben. Das aber treibt dich in die Gottvergessenheit und in's moralische Erlahmen. Was *Ich* jedoch nicht will, das wird auch nicht geschehn. Mein Geist in dir führt dich in Widrigkeiten, an deren Überwindung du erstarkst im Guten und damit im Ideal, das Ich von der Menschheit in Mir trage.

Was du darstellst ist ein bodenständiges Gemisch von Reüssieren und Misslingen. Wo du selfish handelst, stösst du dich aus deiner Gottnatur und wo du mit Mir vorgehst blühen Rosen der Gerechtigkeit an deinen Wegen. Du bestimmst den Kurs und Ich helfe dir ihn einzuhalten in dem wunderbaren Teamwork unserer Naturen. Zügig schreiten wir voran mit der Gesinnung, die zu allgemeiner Fröhlichkeit und Fairness führt und die alle Menschen im Geheimen intus haben. Deine letzten Dinge werden edler als die früheren sein und die Tugend deines Herzens wird dich überhöhn und in der

Güte festigen zu der Ich Volk und Herrschaft im beglückenden Verbandeln führe.

4.20

Alle deine Ängste sind dahin, sowie du dich Mir vollends anvertraut und hingegeben hast in deinen Herzenswundern. Keine Schlacke hängt dem Seelensein mehr an, derweil es sich in Unbeschwertheit, Seinsnatürlichkeit und Lebenswonne wiegt. Ich sehe gerne, wie sich deine Züge schöngeglättet haben und dein Wohlbefinden frohgemut Triumphe feiert über allem Weh. Du lässest dir ereignisvolle Tage angedeihen, die von Anmut und Gelassenheit erfüllt sind, wie von meisterlichen Taten. Ich bewundere, was du dir Bist, in Meinem Namen und erkläre dich zum Avancierten in der Kunst, das Leben liebelächelnd zu bestehn.

Du hast begriffen, dass die festgefügten Lebensspezereien Schall und Rauch sind im Vergleich mit jenen, die *Ich* seinsbeherrscht und seelensicher pflege. Nun heisst es, sie verdoppelt und verdreifacht darzustellen, indem Ich immer tiefer in die Abergründe Meines Soseins tauche, um von dort aus zu agieren. Das gibt ein Bild von Seinswahrhaftigkeit und Herzensgüte, dem Ich in seinem Wohlgehalt nichts beizufügen habe. Du darfst dich von und vonner schreiben, derweil die Fülle deiner Siegestaten sich von Tag zu Freudentag im besten Sinn vermehrt. Dein Abstand zu dem Meinen verringert sich in wohlgemessnen Portionen und wird bald zu nichts zerflossen sein in deinem fulminanten Auftritt und Gebaren. Du Bist, was du dir sein sollst, in den Augen Meiner Seinspräsenz und Observation.

Alles was da *ist* fügt sich mit wunderbarer Selbstverständlichkeit in Eins zusammen, wenn du nur die Gnade hast, die Zeichen deiner Zeit zu sehn und sie auf's Vorteilhafteste zu deuten. Was immer dich bewegt, ist von Mir eingefügt ins Weltbewegen und was dich beschleunigt, findet wieder in Mir seines Daseins silberhelle Ruh. Verwerten kannst du nur, was du von Mir genommen und was Ich deinem Glück zugute halte in den Händen Meines seelenvollen Gottbegabens.

4.21

Was die Liebe singt und bringt ist immer wohlgetan am Weltgebrause und verschworenen Verrichten. Deine Haltung allen Wesen gegenüber wird von Mir auf's Wohlbegründetste taxiert und dementsprechend auch belohnt, befördert, oder es wird dringend von ihm abgeraten. Der Hintergrund von allem was geschieht im Weltenabenteuerleben ist von einer Ethik und Moral geprägt, die ihresgleichen sucht und ist von wahrhaft göttlichem Gepräge. Jeder auch nur zögerlich Vernünftige sieht ein, dass das Zusammenwirken aller Menschen nur gelingen kann, wenn sie sich wohlgesinnt sind und sich nicht gegenseitig auszunützen trachten. Dieser Einsicht widerspricht, was dann so viele tun: Brutale Macht ausüben, nur an den eignen Vorteil denken und lieblos sein, vor allem den Bedürftigen gegenüber. Das Individuelle muss sich in das Allgemeine fügen in der Einheit allen Lebens, das Ich von der Geistwelt her begründet habe. Geschwisterlich ist Meine Sache und geübt soll die All-Liebe werden durch Verständnis und Beförderung der vielen.

Nun, wie stehts mir dir? Ist es dir bewusst, dass alle deine Güter, wie dein Leben, Lehen sind von Mir, die dementsprechend treu verwaltet werden müssen, ganz im Sinne der Parole: Was im Grund nicht Mir gehört, muss treu verwaltet und geschützt, geliebt und regelrecht entfaltet werden. Kannst du das zu tun von dir behaupten, stehst du wie ein Cherub vor Mir da und gehst ein in die Geschichte der Unendlichkeit als wahrer Mensch und Gott, der sich verwirklicht hat in wunderbarer Eintracht mit den höchsten Idealen. Du verkörperst dann das Wahre, das Ich immer dargestellt und liebevoll verwirklicht habe. An deinen Ausgang heften sich die

Blicke vieler, die den Herzensfrieden, die Gerechtigkeit, sowie das Glück der Sterne suchen. Du bist von Mir gesegnet und geführt und brauchst dich deiner Abkunft nicht zu schämen. Dein Herz ist offen, hell und heil, gottselige Glückseligkeit verbreitend.

4.22

Wo gelebt wird muss auch etliches erlitten werden, um die Einsicht in das Wohl und Wehe aller zu befördern und die Hilfe noch dazu. Ohne Mich kann es nur schief gehn auf dem Lebensplan, weil sich die Meinungen verheddern und die Wahrheit keinen Halt und keine Gnade findet vor der Macht der stärkeren Intension. Ich trete auf als einer, der nicht nur vieles sondern alles weiss, was *ist* und wie die schwierigsten Zusammenhänge sich verhalten. Klarheit herrscht, wo *Ich* den Handlungsraum betrete und wo Mein Entscheid sich als der einzig gültige erweist im Spekulieren.

Dein Handlungsspielraum ist begrenzt auf was *Ich* dir zum Spielen vorgelegt und zugestanden habe. Der Meine jedoch ist den Universenweiten adäquat, über die sich Meine Sicht erstreckt und Mein spezifisches Befehlen.

Kommst du zu Mir mit deinen pochenden Problemen, ist es Mir ein Leichtes, diesen auf den Grund zu gehn und dafür eine Lösung und Verwirklichung zu finden. Nicht irgendetwas sollst du tun, sondern das was Meinem Ideal des Weltenseins entspricht im weisheitsvollen Aneinanderfügen.

Bist du vollends ins Wesen Meiner Grazie versunken, leiste *Ich* das Unerhörte das dir frommt zu leisten. Ich verjünge dein Bestreben, jung zu sein, indem Ich dich mit grosser Raffinesse immer wieder neu geboren auf dem Erdenplan erscheinen lasse. Damit brauchst du nicht davor zurückzuschrecken zur gegebnen Zeit den Körper abzulegen. Du weisst, dass du in einem neuen wirst erscheinen, zur gegebnen Zeit, um an des Schicksals

Forderungen mählich aber sicher zu des wahren Seins Bestimmung zu erwachen. Dann darfst du deines Daseins dir bewusst sein der Allherrlichkeit im ewig Lichten, Heitern, Schönen, ganz gestillt glückselig und voll weisem Herzensfrieden.

4.23

Was trachtest du nach Frieden, ohne ihn in Mir und Meiner wunderbaren Ebenmässigkeit zu suchen. Ich Bin es, der dir gut ist für Unendlichkeiten und an dem du dich erlaben kannst nach langer Wanderschaft durch anspruchsvolle Werdezeiten. Ich zeige Mich dir in den verschiedensten Schattierungen, die von streng und unverständig, unnahbar, beängstigend und lieblos bis zur wunderbarsten Herzlichkeit und liebevollsten Vatergüte reichen. Das Empfinden Meiner unsichtbaren Gegenwart ist dir durch's ganze Leben stets ein Zeichen innerer Reife und Gelassenheit gewesen. Mal stärker, mal geringer wirst du Meinen Einfluss auf dein Wesen spüren, je nachdem wie du dich Mir zu öffnen fähig bist in deinen vielverschlungnen Motivationen.

Was deine Wetterwendigkeit betrifft kannst du dir sagen, dass du noch lange nicht auf dem Olymp der Weisheit heimisch bist wie Ich es Bin und wie Ich deshalb alles bestens überschaue, was da *ist*, in Meinem grenzenlosen Seinsempfinden. Hierarchisch aufgeschlossen hat Mein Walten ein gewinnendes System, von dem auch du in deinem Wachsen und Erstarken wesentlich beschenkt bist. Somit kommt Gleichgültigkeit dir gegenüber für Mich nie in Frage, ja, Ich lasse Meine Hoffnung niemals fahren, dass es dir gelingen wird, aus Einsicht und Verlangen Meinen Höhen dich zu nahn, um dich schlussends in Meinen glückerfüllten Regionen auf's Entschiedenste zu etablieren.

Es ist die Kunst des Strebens wie des Wartenkönnens, die dich zu Mir führt und die Ich dir in ellenlangen Zeitenläuften gern vermittle. Wie wahr ist doch der

Ausdruck „ohne dich kann Ich nicht sein", der auch für das gilt, was Ich in dir Bin in Meinem grandiosen Weltenunternehmen. Alles was du Bist will dich zur Wonne und zur Weisheit wie zur überragenden Glückseligkeit der Gotteswelten führen.

5

Das Wesen ewiger Glückseligkeit

5.1

Ich Bin das Wesen ewiger Glückseligkeit hinabgestiegen
in den Traum des Lebens und erwacht in ihm zum Sein
in Freud und unnennbarem Frieden. Kannst du das mit
Überzeugung und mit heiterer Natürlichkeit von dir
behaupten bist du schon sehr weit gekommen auf dem
Weg zu einer Weltsicht von Erhabenheit und von der
Attitüde göttlichen Gedeihens. Du darfst dich Avatar und
Avancierter nennen, der sich selbst erkannt hat als der
Inbegriff der Seinsbewusstheit wie des alles überragenden Verweilens in der götterlichten Ruh. Nun gilt
es, diese heiss errungne Bastion für alle Zeit auf Trab und
Tüchtigkeit zu halten und dabei ihre Werte unvermindert
und konstant in alle Welt hinauszustrahlen.

5.2

Ich Bin das A und O von allem was geschieht und je
geschah. Was unter Mir ist, ist einst von Mir ausgegangen
und muss in sich die ewige Sehnsucht nach Vereinigung
mit dem der *Ist* ertragen. Hilflos sind die Wesen Meines
Schöpferkraftprinzips sich selbst geworden, weil ihr
Eigensein ihr Schauen auf das Ganze trübte und damit
Rivalität heraufbeschwor. Auch die Menschen auf dem
Erdplaneten kümmerten sich stärker um sich selbst, als
um das Wesen der Allherrlichkeit in ihrem Sich-
Entfalten. Eroberungen, Kriegsschauplätze und Verwun-
dungen entstanden. Welten heilen konnte nur noch einer
aus der Sonnengeister lichter Schar.

5.3

Ich rechne mit dir ab schon lang bevor du vor Mir stehst,
um Rechenschaft von deinem Tun und Trachten
abzulegen. Gibt es dir nicht zu denken, dass Ich alles
richtig mache, derweil du noch in jede Falle tappst, die
man dir tückisch stellt im irdischen Geplänkel. Deine
Schuld ist es, wenn du nicht wahrhaft vorwärts kommst,
trotz deinem Rastlos-dich-Bewegen. Du verzettelst dich

an allzuviele Unternehmungen, aus denen nichts als Ärger und Verluste resultieren. Ich hingegen Bin das Eine, das sich auf sich selber konzentriert und das in jedem Fall die Oberhand behält, mag es auch noch so manchem unanständigen Verlangen gegenüberstehn. Gerade du sollst wissen, wie man sich benimmt vor Dem der deinem Dasein nur sein Allerbestes hat dahingegeben. Benehmen heisst, stets auf der Hut sein vor dem Hingang zu verderblichen Gelüsten, die dich tief ins all so Menschliche hinunterziehn. Es lebt und webt ein Gott in dir und der Bin Ich in erster wie in letzter Konsequenz des Alles-Hinterfragens. Freien Willens sollst du Mir allein gehören und dich dezidiert an Meinen Gotteswillen halten. Nur auf diese geniale Weise wirst du wahrhaft gross vor Meinen Augen und Begünstigungen.

Fällt es dir nicht auf, wie sehr es Mir daran gelegen ist, dich auf den Geistesweg zu führen und damit deinem Dasein Würde und Gelassenheit, Beständigkeit und Sinnkraft zu verleihen. Es geht nicht an, dass du und deine Kinder darben müssen ob der Unbeholfenheit mit der du zu agieren pflegst. Wahrlich ist es an der Zeit für dich, ins reine Sein zu steigen, das Ich Bin und das du Bist in der gottseligen Verschlungenheit und sanften Liebe, die Mir eigen.

5.4

Spreche Ich dich an, so sind es Himmelsworte die dein Ohr mit ihrer Schönheit und Wahrhaftigkeit betören wollen. Sie sind aufs Beste dazu angetan, dich mit galanter Sicherheit durch deine Lebenszeit zu führen. Du sollst wissen, dass Ich alle deine Züge im Gedankenreich auf Zärtlichste begleite und dich dabei ständig mit Ideen höherer Gelassenheit und Liebenswürdigkeit versehe.

Was Mir besonders intensiv am Herzen liegt, bezieht sich auf das Geistige, das zwar offensichtlich vor dir liegt, doch musst du es verkennen, weil dein Intellekt dich blendet mit der Helle die er rings verstrahlt.

Versuche doch dies Licht zu Zeiten herabzudimmen, dass *Ich* das Meine in dich strahlen lassen kann, das von Weisheit, Ehre und Entzücken trieft, um alle Welt damit herzinnig zu erfreuen.

Ich wähle für dich aus, was deinem Seelensein den besten Dienst erweisen kann und lege dirs vor das Gewissen, wenn du in der Stille die Gedanken ruhen lässest, deinem offnen Sinn gemäss. Nimm auf, was Ich dir voll Güte zu verkünden habe und wisse dich in Meiner gnadenvollen Obhut Tag für Tag. Es gibt nichts Besseres für dich, als dass du dich von Meinem wunderbaren Einfluss schulen lässest in der Kunst zu Leben und zu sein in deiner Würde als Gesegneter von Meinen Gnaden und erhabenen Begünstigungen.

Was immer dich beschäftigt, soll zuallererst auf Mich bezogen sein, damit das Wahre, Menschenwürdige und Edelmütige zum Zuge kommt. Deine Dispositionen sollen Wohlgemutheit, Willigkeit und Herzensglück verbreieten.

5.5

Stimmig, grimmig und bis an den Rand verwegen ist der Einsatz, den ich leiste, um der Liebe willen, die Ich für die Meinen hege. Du magst es drehen wie du willst, ohne Mich kannst du nicht sein. Dein Anspruch an das Leben ist zwar von dem Meinen radikal verschieden, doch die Gründe deines Existierens, sind den Meinen völlig angeglichen in des Seins erhabenem Revier. Fällt es dir auch schwer, dein Dasein bis ins letzte gründlich zu durchschauen, so ist es doch dein unbedingtes Ziel. Ich helfe dir bei der Geburt ins Ewige, die dir bevorsteht, früher oder später, in der Sphäre deines Seinsgewissens. Deine Ansicht von der Welt muss sich zu Meinen Gunsten pausenlos verändern, bis sie der Meinen gleicht aufs Haar. Du trägst dabei dein Schicksal in den eignen Händen und kannst dabei doch wunderbare Zuversicht auf Meine Hilfe in dir hegen. Bewusstseinsmässig meine

Ich damit den Griff zu Meinen Sternen, die des Alls Befindlichkeit aufs Köstlichste beleben. Merke auf, wenn Ich dir von den gut gesinnten Geistern was erzähle, die sich an den Orten reinen Strahlenlichts versammelt halten. Sie regieren und befördern alles Leben, das da *ist*, um es schlussends zum ewigen Heil zu führen.

Meine Bitte an dich lautet: *sei* und mehre deine Einsicht, dass du Bist und dir gefallen darfst als Götterwesen. Dann reimen sich die Dinge deiner Seinspräsenz aufs Trefflichste zusammen und lassen sie im Geisteslichte wesenhaft erglühn. Du Bist und darfst dich frohgemut als einen von den Meinen halten. Stabil bist du als Kenner deiner Situation im All der Welten und darfst dich in Glückseligkeit und Liebeswonne in der Pracht Elysiens beseligt wiegen.

5.6

Was genau Ich dir zu sagen habe ist: vertiefe dich in Mein Gewissen von dem All in dem die Wesen alle leben. Du Bist in Mir geerdet, ebenso wie in die Raumesweiten Meines Seins geführt, in die Ich Mich gegossen habe. Weide dich an dem, was Ich dir seelenvoll und gütig präsentiere, um dich von Meiner Gegenwart zu über-zeugen, wie von Meinem Ins-Unendliche-Entschweben.

Um deine Menschlichkeiten sorge dich nicht mehr, weil Ich sie alle in Mein Herzblut eingebettet habe. Weder Tränen noch Bedenken seien künftig deines Lebens Los, sondern Freude und Begeisterung an deinen Möglichkeiten und Begabungen in Meiner Fülle des Mich-selbst-Vergebens.

Du Bist indem Ich Bin in dir der Grösste aller Zeiten, sowie der Geringste in der allweiten Geisterschar. Wende dich Mir zu, indem du dich nach innen wendest, wo Ich dein Behüter und Beschützer Bin in allen Variationen Meines Seins und Webens.

Der Künstler Bin *Ich*, wenn du Lebenskunst verbreitest, der Benedeiende, wenn du dein Schicksal segnest und in

Mir die wunderbaren Weiten suchst, die dich zum schöpferischen Tun bewegen. Ich leiste dir den Eid, der uns für alle Zeit aufs Zärtlichste verbindet und uns gewährt, was in den Sternen steht geschrieben. Im Hier und Dort bist du schon immer etabliert gewesen und darfst dich rühmen, Meines Wesenseins Gefährte und Gespan zu sein im seelenvollen Dich-Veräussern an Mein Universensein im Ewig-Guten und Elysischen.

Ich trage dir den Himmel an, den du verloren meintest und hebe dich in seine Höhen, wo du Glückseligkeit erfahren darfst und seliges Erinnern an dein nie versiegend Wohl.

5.7

Bist du bereit, Mein Wort und Meines Weltenwillens Urkraft zu empfangen, so führ' Ich dich dahin, wo dir die Welt in einem neuen Licht erscheint und einem nie gekannten Wohlbehagen. Ich erlöste dich vom Bannstrahl des Verderbens, den du selber über dich gelegt und lasse gloriose Friedenskräfte in dich fahren. Was Ich dich schauen lasse, ist die himmlische Gerechtigkeit am Sein und Leben, die dein Teil sind und dein Anspruch seit Urewigkeiten. Es gibt nichts Besseres für dich zu tun als dich in Herzensstille deines Daseins voll bewusst zu werden, das Ich Bin in dir und deinen weltgewandten Aktionen.

Du Bist, wie oft muss Ich dir das noch sagen, um dich mit dem Ewigen bekannt zu machen, das in dir wirkt und lebt in zeitenloser Wohlgefälligkeit und Lebenseuphorie. Hier stehe Ich, bemerke du, und lasse zugleich eines Gottes Raster, Rasse, Renommee und Ruhm gewaltig in dich fahren.

Das Unabänderliche ist schon längst mit dir geschehn, dass Ich in dir des Seins erhabener Dozent und Ausspruch, Immigrant und Schlaufuchs Bin, der dich voll Grazie beherrscht und hütet, sofern du dich nicht von dir selber hüten lassen willst, in deinem höchst blamablen Unvermögen. Was du dir Bist, ist schon seit Urzeit in Mein Logbuch wie Mein unfehlbares Seinsgewissen eingeschrieben. Das begründet deiner Sicherheit Regie von Meinen Gnaden und erhält dich warm im Geiste, wo noch aberviele unterkühlt sind von der Forschheit ihrer eigensinnig angelegten Aktionen. Was dir am Besten ansteht, ist die Tunika der Tugend, mit deren Anmut Ich dich noch so gern bekleide, wenn du nur willst mit ihr durchs Leben flannellieren. Sie hält dich rein in Worten wie in Taten und ladet dich zum Gastmahl der Glückseligkeit in Meinem Garten himmlischen Genügens. Dort werden alle deine Werte radikal von *Meinem* Wert genährt und deine Losung heisst: Ich Bin gelabt von Meines Vaters geisterfüllten Meditationen.

5.8

Bekennst du dich zu Mir, kann Ich dir eines neuen Namens Kraft und Glorie verleihen. Ich nenne dich Gesandter Meiner auserwählten Schar begnadeter Propheten, die Mein Wort und Meine Menschentreue zu verkünden haben. Diese Botschaft soll dir als beglückende Gewissheit über einen grossen Sieg in beide Ohren klingen. Bist du schon auserwählt, so kannst du sicher sein, dass Ich dich ständig durch dein Sein geleite und dir wohl will Tag für Tag in deinem Höhwärts-Schreiten.

Ich grüsse dich von Ferne in der Näh und gleiche Mich dir an, damit du Mich erkennen kannst als deinesgleichen in der Menschen Populationen. Bin Ich auch alles, Bin Ich doch für dich der ganz Besondere, von dem du lernen kannst, wie es sich ziemt sich in der Allheit zu benehmen. Zum waren Menschsein sollst du dich in Mir entfalten, das für jeden etwas anderes und noch Bewunderns-werteres bedeutet. So Bin Ich denn von allem Anfang an, der in der Kunst der Variation Bewanderte von höchster Qualität wie von dem Adel, der nur Gutes schafft und die Vortrefflichkeit zum Zuge kommen lässt in seinem universenweiten Reichtum und Gehaben.

Ich bringe dich zum Klingen so wie man die Saiten klingen lässt an wohlgestimmten Instrumenten, die das Glück und die Gelassenheit des reinen Seins verkünden. Das ist so, weil du dasselbe, was Ich Bin, geworden bist in Meinen liebevollen Armen. Besser schenkt dir niemand ein, als Ich, der vielgewandte Gott der Grazie Elysiens und der selbstbewusste König der Allherrlichkeit in den lichterfüllten Geistesräumen. Bei Mir hieroben ist gut weilen, weil die Dinge all aufs Köstlichste geregelt sind und sich die Liebe über alles breitet, was da *ist* und was sich heiter durch die Himmelswelt bewegt. Auch du bist Meinem Hiersein ganz und gar erlesen, sowie du dich voll Glück erkennst in ihm.

5.9

Wie gleichst du dich Mir an? Indem du Wertbeständigkeit gewinnst in rauhsen und riskanten Tagen. Meine Glocken läuten dir den Herzensfrieden ein, sowie du dich dazu bequemt hast nur noch Mir, und sei es über Stock und Stein, beständig zuzustreben. Das Vertrauen führt dich heim in Meine Geistesgründe und belebt, was du dir Bist, im Sinne der Verherrlichung des Seins behutsam himmelan.

Nur die Verbundenheit mit Mir kann regelrechte Früchte zeitigen in deiner vielversponnenen Art und Weise an die Problematik deines Seins heranzugehn. Was vordem einfach schien, wird plötzlich furchtbar kompliziert und was komplex war, löst sich auf in Minne, so als wär` es nie komplex gewesen. Hast du heute schon vor dir gebeichtet? Es tut so gut in deinem Raisonnieren, wenn du dir deine Fehler eingestehst und damit dazu beiträgt, dass sie dir nicht wieder unterlaufen. Nur die

Einsicht in dich selber bringt dich weiter auf der Fahrt ins innerliche Reüssieren. Meide Trockenheit in deinem Dich-Benehmen. Fliessend und gekonnt soll dir, was du dir leistest, von den Händen gehn. Dazu bist du auf Hilfe angewiesen, die *Ich* dir noch so gern gewähre, wenn du nur um diese bittest in des Herzens feierlichem Pol. Alles was du Bist, gewinnst du durch Mein tatenfreudiges Gehaben. Dein Wert formiert sich unfehlbar in Meinem Milieu der guten Gaben wie der genial gestaffelten Gedanken, die Ich massenweise Intus habe.

Brichst du auf, so breche Ich mit Wonne in dich ein und bringe dir das Heil, von dem du immer träumtest, dass es einmal kommen müsse in der ewigen Morgenfrische deiner Zeiten. Nun ist sie da, wie aus dem Nichts gekommen und belebt dich, wie nur überirdische Bewässerungen dich beleben können. Denn nur so wird schliesslich alles licht und schön in deiner Lebensliturgie und deinem dich in Mir und Meinem Seligsein Gewahren.

5.10

Was gegeben ist, kann nicht zurückgenommen werden. Dass Ich Bin hat Welteffekt und äussert sich in universenweitem Seinsbetragen. Ich schaue alles mit den Augen eines Gottes an, der weiss und der sich selber als Creator Spiritus in alles einbringt, was da *ist* und was er in enormen Stössen ewig neu belebt.

Mich zu wissen ist die grösste Wohltat die Ich Meinem Sein und Sinnen zu vergeben habe. Über Mich im Klaren, Kräftevollen und Bewundernswürdigen zu sein, ist der Inbegriff des kosmisch freien Über-Mich-Verfügens.

Wo lege Ich Mein Kapital am besten an? In Meinen eignen Räumen, die das Licht gebiert, das Ich verstrahle und in denen Ich in Schönheit lächle, still und selig vor Mich hin.

Was Ich unterweise ist der Drang zum Guten, der die Welt durch Mich in ihrem Innersten beseelt. Der Hang zum schöpferischen Denken ist es, der die Ebenbilder Meines Seinsgewissens zur Erfüllung treibt, indem sie sich mit Mir vereinen.

Was ist der Inbegriff der Freiheit, wenn nicht *Meine* Art das Dasein zu geniessen und über alles, was Ich Bin, gerecht und weise, effizient und kunstvoll zu verfügen. Ich wende Mich in allen Meinen Schöpfungen Mir selber zu und wo es Mir gelingt Mein Eigensein zutiefst und innig zu erfahren, herrscht eitel Freude und Gelassenheit in Mir. Erklärend und verklärend greife Ich dort ein wo Mangel herrscht in der Erkenntnis Meiner Züge. Alles muss veredelt und geschliffen werden, was vom Leben profitiert und ihm zu Dankbarkeit verpflichtet ist in seines Schicksals seelenvoller Euphorie.

Gross ist der Nutzen den Ich aus dem Betrachten Meiner selbst beziehe. Es wandelt sich Mein Sinn. Bescheiden werde Ich vor dem, was ich noch tun kann, in den Myriaden Möglichkeiten Meines Mich-Entfaltens. Doch nichts vermag Mir Einhalt zu gebieten und Meinem Resümee ist zu entnehmen, dass die Lauterkeit, der Lebensmut und die gewandte Seinsentschiedenheit in jedem Fall obsiegen.

5.11

Und kanntest du bisher noch nicht die Tränen um verlornes Gut, so sollst du sie jetzt haben. Ich nehme dir, was du bisher als dein gerechtes Eigentum betrachtetest und flüstre dir dabei ins Herz: das tue Ich, um dein Vertrauen zu Mir bis zur Unbedingtheit zu erheben. So wird dein Fall zum Aufschwung in die Höhen Meines unergründlichen Erbarmens deinem Wesen zu. Meine Weisheit ist der deinen hundertfältig überlegen und du tust wirklich gut daran, dich Mir mit vollen Segeln anzuschliessen. Deine Hintergründe sind nur Mir bekannt und so ist es gegeben, dass Ich sie zum ganzen deines Schicksals füge, damit es in der Seinsgerechtigkeit verlaufe, deren Herr *Ich* Bin im weltenweiten Tribunal. Hast du das begriffen, kehrt die Freude wieder bei dir ein, sowie die ruhige Gelassenheit, nach der du dich so sehnst und die dein Ein und Alles ist in deinem lichten Dich-Begründen. Dies eine noch obliegt Mir dir zu sagen: willst du Mich erkennen, so erkenne dich. Damit schreitest du mit Überzeugung, Nonchalance und Lebensliebe auf dem Schicksalsweg dahin, den Ich dir zu deinem Heile vorgegeben habe. Was dich bedrängte ist nun zur Liebkosung durch die Gotteshand geworden und was dir Mühsal schien, hat sich zur Leichtigkeit Elysiens erhoben. Nun glänzen dir die Himmelssterne doppelt schön, du feierst dich wie neugeboren und besiegelst deine Freude mit dem Ruf: Gott, Mein Gott, wie sehr Bin Ich für deine glänzende Voraussicht eingenommen, welche du dem Weltenwesen spendest, licht und wahr. Der Gottheit aber, die Ich Bin, ist es gegeben, auf den Punkt zu kommen, der da heisst: Ich durchschaue Meine Pappenheimer mehr als sie`s nur ahnen mögen und gewähre ihnen Aufschub für die Besserung, die Ich von ihrem Menschensein erwarte. Noch bedeutend viel ist da zu tun und dennoch gibt es ein Vollenden dessen, was Ich in dir angefacht und angezettelt habe. Erreichst du es, bist du saniert für alle Zeiten und darfst als wahrer Mensch und wahrer Gott in den Hallen der Unendlichkeit begeistert wohnen.

5.12

Das Ich der Welt, das Ich dir Bin, tendiert dazu All-Liebe, Herzlichkeit und Lebenswonne auszustrahlen. Ich füge Sinngehalt zu deinen Gütern und erkläre sie zum Erbe Meiner Weltkultur. Das macht, dass alle, die da guten Willens sind, ihren Eigensinn vor dem Portal zu Mir bewusst und weise deponieren. Sie treten ein in das Gemach unendlich weihevollen Friedens und erlaben sich am reinen Sein, das Ich ihnen seit Äonen zugedacht und hochgehalten habe.

Ich Bin der Meister des Gelingens Meiner Dispositionen auf dem Daseinsplan, der Vater der Gerechtigkeit am menschlichen Kalkül, der Verkünder namenlosen Heils, sowie die Innovation an sich in allen Daseinsregionen.

Über Meinem Sein ist ewig lichte Himmelsbläue aufgezogen. Meine Wachheit über allem, was da *ist*, erweist es sich als ein ewiges Begaben Meiner Universenkräfte ins gesegnete Allhier.

Ich messe aus und komme an kein Ende mit dem Blick auf das Unendliche, in das Ich Mich voll Lust und Kraft gegossen habe. Myriaden Sterne weisen Mir den Weg wie goldbetresste Diener durch die Räume Meines Gegenwärtigseins hinaus in unermessne Fernen. Derweil Bin Ich auch allem, was da *ist*, unendlich nah. Ich füge es damit zum Ganzen, das Ich als ein Fürst der Wirklichkeit betreibe und es tagein tagaus erleuchte in seins-versponnenem Poetisieren. So viel kannst du mit Mir gemeinsam haben, wenn du nur begreifst, wie sehr du mit Mir in den Bund der ewigen Gerechtigkeit gefügt bist, ohne allzuviel dafür zu zahlen. Es ist die Gottesliebe die dich bindet und der Ruf nach Einheit, der durch alle Wirklichkeiten hallt, die Ich in namenloser Tüchtigkeit begründet habe. Sei Mein und sieh Mich als dein Vorbild wie dein Nachbild an in wunderbar geschmeidigen Dimensionen. Erweise dich als Meines Geistes Kind und Bruder und bedenke, was Ich will in der unendlich liebevollen Himmelsharmonie.

5.13

Das Wirkliche kann Ich dir nur enthüllen, weil Ich wirklich Bin der Hoffnungsträger aller Nationen auf ein Dasein aus der Fülle aller guten Gaben im gesegneten Allhier. Meine wahre Heimat ist des Himmels silber-glänzendes Perpetuum in dessen Weiten Ich Mich wohl befinde, aufgehoben und gestillt für Ewigkeiten. Ich habe Meinem Sinn das Vorwärts-Buchstabieren beigebracht im zeitenlosen Aneinanderfügen von Gefälligkeiten in der Pracht Elysiens, der Ich für immer angehöre. Mein Sein ist nicht von Hier, denn es ist von überall auf Meinen ausgedehnten Wanderschaften in des Geistraums gloriosem Milieu. Ich habe es geschafft, Mich selbst zu sein in allen Variationen Meines Mich-Verwandelns in Geschäftigkeiten wie in die Glückseligkeit des namenlosen Ruhns.

Ich habe Mich im Wesentlichen über Mich erhoben dorthin, wo kein Höheres Mir übersteht, wo der reine Friede herrscht und die intime Gottgesellikeit in einem. Was bei dir gut ist, kann nur durch Mich unendlich besser werden. Was in dir glutet, wird von Mir zu einem Feuer angefacht von gütestrahlender Beseligung in nie verebbendem Sich-selbst-Bewähren. Du Bist, was Ich Mir Bin, geworden und deine Augen widerspiegeln das erhabne Glück in deiner Seele, dem du dich noch so gern zuinnerst und zutiefst ergeben. Die Vielfalt des Beschenktseins trägt dich zu Mir hin, sowie die Dankbarkeit für all die wohlgesitteten Gefühle, die Ich dir gewidmet habe. Grosses ist an dir geschehn und Grandioses wird noch folgen auf der Sternenbahn, die du an Meiner Seite eingeschlagen.

Ich spreche von dem Glück, das Mich beseelt und das auch dich beseelen wird in nah gesetzten Tagen. Das kann nicht anders sein, wenn du dich Mir vertraust in wunderbar gesittetem Benehmen. Ich schaue an, was du dir Bist und segne dich mit Vaterhand für sagenhafte Friedenszeiten.

5.14

Du schweigst, damit der Weltgeist in dir rede, der Ich Bin, und der die Treue zu dir niemals brechen wird so weit auch deine Menschentage reichen mögen. Ich stelle Mich in dir Mir selber vor im ewig laufenden Geschehn und lasse Meine Geisteskräfte unaufhörlich in dir spielen. Du weisst es nicht und kannst doch dieses Wissens auf die Dauer nicht entbehren. Es wird dir Stärke, Überlegenheit und Unbezwingbarkeit verleihen. Mit was du dich behängst ist alter Kram, mit dem verglichen, was *Ich* dir zu bieten habe. Dein Schaffen offenbart, mit was Ich dich durchströme und deine Zierde ist Mein Wort das sich in dir zur Wirklichkeit gebiert. Alles was *Ich* schaue, schaust auch du in der herzinnigen Verbundenheit, die wir vor aller Welt repräsentieren. Aus *einem* Guss ist, was durch uns geschieht und was sich aus der Fülle schöpferischer Fantasie beglückend und gekonnt erhebt. Es ist die Art und Weise, wie *Ich* über Mich verfügen kann, die begeistert und beglückt und an der die Weltendinge freudestrahlend hangen.

Bist du dir bewusst was es bedeutet eines Gottes Finger und Figur zu sein, die sich in deinem Hirtenleben breit macht und es zur Blüte höchster Intellektualität und wissenschaftlicher Prosperität entfaltet. Du weisst nicht, was dich antreibt und bist doch effizient und malerisch, bewundernswert, kunstvoll und klug im höchsten Grade. Das alles kannst du ungeniert bei Mir und Meiner Weisheit deponieren. Dann ist das Rätsel um dein Sein, sowie um deine wahre Niederkunft aufs Trefflichste gelöst. Du Bist und bist der Zeuge dessen was Ich seit Urzeiten an der Welt geleistet habe. Deine Züge prägen sich dem Weltgeschehen als die Meinen ein und überfahren, was da *ist*, mit der Nonchalance und Griffigkeit, Verbindlichkeit wie mit dem Tatendrang von Mir. Das soll dich reizen grandios zu sein in der Bewusstheit Meiner menschenfreundlichen und aus-erlesnen Dispositionen. Glücklauf, der Himmel ist in dir und deinen zauberhaften Seligkeiten.

5.15

Ich bestätige vollauf, was du dir denkst in deinem weichgekochten Seinsverlangen. Meinetwegen brauchst du keine Not zu leiden, doch du fürchtest dich vor Mir und beginnst, dich der Seite der Verlierer zuzuwenden. Glaubst du wirklich, dass du noch Vertrauen zu Mir hegst mit deinem fadenscheinigen Verhalten? Erkläre Mir den Kummer, der in deinem Herzen tobt, derweil du wunderbare Ruh bewahren könntest wohlgeborgen im gottseligen Allhier. Ich traue dir das, was Ich selber leiste, zu und das sind: Selbstvertrauen wie Vertrauen in das Sein, in dem Ich zu Mir selber Mich erhebe. Nur diese Haltung und Bewährung führt schlussends zum Ziel, das Ich erreicht und das dir noch bevorsteht zu erreichen. Ich habe Mich in Minne zu Mir selber eingeladen und geruhe in Erhabenheit und Herzensglorie bei Mir zu weilen. Mein Mich-Überschauen ist stilsicher, sanft und grandios und lässt sich an, wie es für Götter sich gehört in ihrem märchenhaften Sich-Verrauschen.

Wie balde sinkst du, still gewordnen Bluts, dahin, wo deine Väter längst ihr Los gefunden haben. Das aber öffnet dir den Blick in die Unendlichkeit der Himmelssphären, in denen sich die Geisteskräfte regen und mit überragender Bewusstheit ihren Schöpferdrang verbreiten. Zu ihnen darfst und sollst du dich gesellen, um dem, was du schon Bist, zum sagenhaften Durchbruch zu verhelfen. Was dir bereitet ist, geniessest du in höchsten Ehren und was dir frommt ist eines Frommseins Attitüde von beseligender Qualität und Immortalität, wie sie Unsterbliche in ihrem Lichtsein intus haben.

Tritt hervor Geliebter und empfange Meinen Ritterschlag, der wonnevollen Ewigkeit entgegen.

5.16

Ich überwache deinen Traum in wunderbar gefälligem und sakrosanktem Selbstgenügen. Du bist Mein Ich, genauso wie auch Ich das deine Bin. Mich kommt ein Lächeln an, wenn Ich bedenke, mit welchem Eifer du bestrebt bist, das zu sein, was du schon Bist und ohne es gewahr zu werden. Ich aber lass es Mir nicht nehmen, in erkennender Glückseligkeit zu wissen, dass Ich Bin das Ewige an sich, dem nichts gehört und alles in der allerreinsten Daseinsform, dem Sein im Geiste, in dessen Unermesslichkeit Ich Mich voll Wonne ausgegossen fühle. Bewusst und heiter sehe Ich vor Mir und hinter Mir die Ewigkeit verstreichen und es sehe keinen Grund, weshalb Ich an ihr rühren sollte. Bin Ich, so reimt sich alles, was Ich hier empfinde, wie in einem Märchenbilderbuch zu einem Farbenfest zusammen, dem Ich in nie verglühender Holdseligkeit Bewunderung zolle. Ich weide Mich an der Bewegtheit allen Lebens, das Ich Mir erschuf und finde Mich in ihm begeistert und allliebend wieder. Zugleich aber ruhe Ich in Mir in namenlosem Selbstgenügen, ungekräuselt wie der spiegelglatte See. Das reine Sein ist mehr als alles, was da *ist,* die Fülle aller Möglichkeiten, ohne dass Ich Mich in sie verstricke, ist das Entzücken an der geistigen Potenz, die Ich vertrete. Nur am Rande Meiner selbst lass Ich das Allgeschehn sich selbst entfalten und Bin Bewegter und zugleich Bewegender in ihm. Glückselig, wer sich so erkennen mag und sich gewahrt in allem, als sich selbst und zugleich als das unberührte Sein in des Elysiums lichterfüllten Sphären.

5.17

In der Grazie des Himmels bist du allezeit vom Sein umwunden, das Ich Bin und dessen Lauterkeit und Liebe Ich dich ständig spüren lasse. Im Fach des trauten Beieinander-Wohnens Bin Ich wohl bewandert und erhebe Anspruch darauf, dementsprechend auch geschätzt und akzeptiert, anerkannt und hoch verehrt zu werden. Ist dir das bewusst, so kannst du ruhig atmen in dem Milieu der transparenten Güte, das Ich rings um Mich gewissenhaft verbreite. Ich klage dich nicht an, doch Ich bedaure tief, wenn du`s verpassest Mich in deinem Reichtum zu gewahren. Deshalb mute es dir zu, *Mir* die erste wie die letzte Ehre zu erweisen. Ich will nicht jovial mit denen umgehn, die wie du der Bruderschaft der Sterne angehören. Doch Ich ermuntere dich dazu, dich im Wettlauf der Geschichte allgemach mit Mir auf Augenhöhe auszutauschen, womit gesagt ist, dass dein Sein in letzter Konsequenz dem Meinen ebenbürtig ist in wunderbarem Sich-Begreifen. Du kannst nicht wollen, ohne dass der Weltenwille, der Ich Bin, genau dasselbe will. Und willst du anderes, so fällst du aus der Ordnung Meiner himmlischen Gerechtigkeit hinaus und musst schlussendlich generationenlang in deinem eignen Safte schmoren. Den Verständigen jedoch sind alle Gaben Meiner Kunst zu sein voll Anmut in die Hand gegeben und sie können sich damit entfalten wie der rosenrote Mohn im Weizenfeld und wie die Hyazinthe in des Gottes Liebesgarten.

Das ist wahre Klugheit, die Ich hemmungslos vor dir verbreite und die dir helfen soll, in Wahrheit so zu sein, wie *Ich* es Bin in der Heiterkeit Elysiens wie in der Unbeschwertheit Meines Kommens und Vergehns. Bis du so sind deine Tage nimmermehr gezählt, derweil das Ewig-Geistige vollends in dir zum Zuge kommt und dich beglückt, befruchtet, inspiriert, begeistert und erlabt in holder Eintracht mit dem Sein, das dir zu Füssen liegt im Königreich der Seligen.

5.18

Vom gewissenlosen zum gewissenhaften Geld dein Weg an Meinen wohlbehütenden und liebevollen Händen. Gewissenhaft kannst du nur sein, wenn es dir gelingt in voller Geisteswachheit durch das Lebenstal zu schreiten. Da lauern dir erhebliche Gefahren auf von Besserwisserei, Trugschlüssen und Verheerungen des friedlichen Gemüts, die dich in ihre Schlünde ziehen wollen. Du aber hast vor ihnen Ohr und Augen und sogar das München zu zukleben, damit du ihre Lockung unbeschadet überstehst. Des weitern trage *Ich* dir Meine Hilfe an in Sachen Höherwertigkeit, die du erreichen sollst durch übendes Dynamisieren deiner Kräfte, Meinen überirdisch aufgestellten zu. In deinen Erdentagen soll's geschehn, dass dein so wankelmütiges Bewusstsein ins Mir dauernd zugewendete mutiert. So wirst du fähig, deine Seinsprobleme eines nach dem anderen zu lösen, um dich dann auf Dauer deines Daseins wirklich freuen und belobigen zu können. Es gilt für dich, dir Meinen Rhythmus und Mein fürstliches Gehaben zuzulegen. In Meinem Augen bist du grandios, doch sollst du's auch in deinen sein, damit die Lebensdinge durch dein Tun so richtig Fahrt gewinnen, Fabelhaftigkeit und Reife. Der Mehrwert deiner selbst kommt schliesslich aller Welt zugute und besonders Mir, der Ich dich Bin, in einem auserlesenen Gedankenspiel. In ihm geht alles, was da *ist*, einer Wohlfahrt und Erhabenheit von Götterlichter Art bewusst entgegen. Die Hügel, Berge und Vertiefungen erhalten durch Gedankenschärfe und dezentes Mitgefühl beglückende Konturen, die die Deutung unmissverständlich auf Mich lenken.

Nur in Mir kannst du in Ehren und pikanten Zukunftswellen regelrecht bestehn. Die Förderung der Schätze, die dir eigen, nimmt enormes Ausmass an und demonstriert Mein Können an der Welt sowie an deinen ganz privaten Gütern. Du Bist und bleibst in Mir das gottgesegnete Idol der waren Menschlichkeit wie der Gottseligkeit in Meinen überragend angesetzten Geistessphären.

5.19

Ambitioniert bist du ja schon, aber auch verschmiert, und dafür, dass du rein wirst, habe Ich gewiss zu sorgen. In Gedankensplittern pflegst du dich zu baden, Konstanz und Einheit spürst du nimmermehr. Das Gerade krümmt sich dir und das vordem Unbescholtene muss dauernd Schelte kriegen. Da wirke Ich auf dich wie auf die Massen ein im Sinne des Vermählens der peniblen Gegensätze und befriede das Erregte hoffnungsvoll und hehr. Das Lebendige liegt Mir wie nichts am Herzen als Geschaffenes und Mich kümmert sein beklagenswert gewordnes Los. Als Schaffer schaffe Ich die Überlegungen heran, die sowohl zu besseren Konditionen wie auch zu sagenhaften Resultaten führen. Du Bist Mir immer lieb und gut, selbst noch in deinen ärgsten Ärmellosigkeiten, die da sind: Unbeholfenheit in Sachen ausgefeilter Definitionen, Verlegenheit vor Meinem offenen Visier, sowie Verzweiflung vor Verlusten, die aus deinem Wirrsinn sich ergaben. Mein Wille strebt die Klarsicht an in Bezug auf das was kommen muss als Folge der Geschichte, die die Myriaden vordem abgehandelt haben. Und was du jetzt verhandelst und verwegen tust, wird zum Impuls für das, was du dir einst gefallen lassen musst in von Mir angesetzten Lebenstagen. Die Beute nämlich wird dir oft und oft von Klügeren entzogen. Du haschest zwar nach ihr, doch greift dein Tatendrang ins Leere, sodass dir Verluste noch und noch entstehn. Ich aber kann das Gegenwärtige wie auch das Kommende galant im Griff behalten und vermelde Fortschritt, Sieg und Nützlichkeit an allen Fronten, die Ich ungeniert begeh. Auch dir ist diese Gangart ohne weiteres beschieden, wenn du dich an Meine Fersen heftest, was das Zeug hält und womit dir dann die Gottesdinge endlich das Entscheidenste und allertiefst Beglückende bedeuten.

5.20

In der Einheit aller Dinge und Gewalten Bin Ich auch in dir der Gott der Wahrheit und Gerechtigkeit, der Geistesfülle wie des liebevollen Herzensfriedens. Die Kontinuität an sich ist durch Mich ohne weiteres gegeben und erstreckt sich über alle Räume, Träume und

Gewalten universenweit in allen Seins beglückendem Revier. „Mir mangelt nichts", darfst du mit voller Überzeugung von dir sagen, „weil der Herr Mich durch und durch beseelt". Im Sein und Handeln gibt es in der Perspektive des Allmächtigen zwischen dir und Mir auch nicht das Kleinste Unterscheiden. Ich Bin, du Bist und damit basta. Das ist die ganze, grandiose Weisheit aller Zeiten, die das Weltenwesen prägt und lebenstüchtig hält für Ewigkeiten.

Siehst du den immensen Vorteil der für dich herausschaut, wenn du *Mich* an deine Stelle setzest und dich damit dem Weltensein entziehst? Es geht nur darum, dass du dies erkennst in abgrundtiefen Meditationen wie in der Helle des erleuchteten Bewusstseins von der Welt und deinem Sie-Erleben.

Diese frohe Botschaft hat die Eigenheit, dich mit den Sternen zu vereinen, die die Geistesburgen jener Wesen sind, die seit eh und je durch Mich das All regieren. Immense Klarsicht und Gewissenhaftigkeit, Grazie des Himmels und Bewusstheit sind vonnöten, um sich dieser Weisheit, Weitsicht, Hoheit, Wonne und Erkenntnis vollends zu bedienen. Nur ganz wenige haben es bis jetzt getan und bis es durchschlägt zu den Massen dauert es noch Myriaden. Willst du einer von den Auserwählten sein, brauchst du dich nur voll Verve auf Meine Seite und Gefälligkeit zu schlagen. Du Bist in Mir und Ich in dir mit einer Kompetenz und Schönheit, Liebeskraft und Seligkeit, die ihresgleichen suchen. In Mir liegt dir das All zu Füssen, und dein Empfinden reinen Glücks ist Legion.

5.21

Scheinbar aus dem Nichts berede Ich dein wachendes Gemüt mit wunderbar geschliffenen Sentenzen, die zu vernehmen reine Freude bringt in deiner Seele hoffendes Gemach. Ich wende Mich dir zu, sowie Ich deiner Offenheit gewiss Bin und überzeuge dich davon, dass

Meine Gegenwart dein Heil begründet wie deine Hochfahrt in das Reich der geistigen Betriebsamkeit und Seelenaugenfrische. In ihm erkennt sich dein Bewusstsein als das eine, unteilbare Medium der geistigen Potenz, deren Schöpferwillen schafft und schafft mit unermüdlichem Begehren. Somit ist dein Wille *Meinem* untertan, doch in der Freiheit der Gedanken kannst du Mich in dir zu seinsgewaltigem Tun bewegen. Das kann dir, sowie der Menschheit, Heil und Ungemach bescheren, je nach dem Einfluss, den du dir erwirkst, aus guten oder zweifelhaften Geistesregionen. Was immer du erwählst, wird unweigerlich zu deiner Sache, aber auch zu Meiner in des Seinsbewusstseins Gegenwart in dir.

Wie oft kommst du ins Trudeln ob den Eigensinnigkeiten, die du generierst. Ich versuche diese auszubügeln, indem Ich dich mit weiser, starker Hand belehre und dir Wege offenbare für den Gang ins göttliche Gedeihen. Nimmst du sie wahr, so schreitest du auf ihnen als Gesegneter des Himmels stillvergnügt voran und brauchst dich kaum mehr um die Lebensunbill, die dich rings umgibt, zu scheren. Ich Bin die Wachsamkeit an deinem Hof sowie auf deinem Haupt die Königskrone, die dich als Gesandter Meiner Auserlesenheit und Willensstärke ausweist über alle Trübsal hin. Mein Geistesmantel ist dein Schutz in allen Lebenslagen und Mein Hiersein deine Zierde in dem ewigen Auf und Ab, sowie in der unendlichen Glückseligkeit Elysiens, die dir für alle Zeit beschert ist, wunderbarerweis in Mir.

5.22

Was recht und billig ist in Mir, kommt dir in einem Freudenschwall entgegen, um dich in aller Form und Andacht zu Mir heimzuholen. Klarheit herrscht und Kraft zur Innovation im Geiste Meiner Sphären. Übersicht, Gehalt und Treue zu Mir selbst bestimmen alleweil Mein fürstliches Gehaben. Eine Ode an die Freude hab Ich Mir ersonnen, deren Klang den sonnenlichten Raum durchmisst, den ich voll Verve um Mich gebreitet habe. Ich bestimme, was auf Mich zukommt und gewähre Mir das Beste, was da kommen kann, aus Meinen vollen Seinsregalen. Gehalt und Sitte sind von Mir ein Zeichen der Beständigkeit im Guten und Gewollten auf der schnurgeraden Linie Meiner Taten. Überragende Gesichte prägen Meine Fantasie, nach denen Ich begeisternde Verwirklichungen inszeniere. Sie *sind* und haben es in sich in ihrem Sein nie aufzuhören in das Ewige hinein, das Ich Mir Bin in der Geschichte Meiner Präsentationen.

Vehement und klaglos verfolge Ich, dem Falken gleich, was Ich Mir zur Beute ausgespäht und ausersehen habe. Das macht Mich wendig und agil, gewinnend und vertraut mit dem, was Ich Mir zugestehen kann in Meiner Art die Lebensdinge anzufassen. In schlichtem Überragen trage Ich zu Meiner eigenen Grösse alles bei, was nötig ist im sagenhaften Reüssieren. Mein Wille in der Zunft und Gunst und Kunst von Meiner Tüchtigkeit ist Legion und leistet unabwendbar, was zu tun ist in der Welten Pracht und Signatur.

5.23

Dem Sein gemäss agieren, oder völlig losgelöst von allen Aktionen selig in ihm ruhn, zwei Optionen die Mein Einigsein seit jeher fabelhafter Weise prägen. Bin Ich, ist Mein Sein in jedem Fall ein Seligkeit-Bewirken von unendlichem Format und von der Art, wie sie die Götter in sich tragen. Ewig neu ist, was Ich intendierte oder ins Vergessen fallen lasse universenweiten Ursprungs und Geschehns. Mein Geist weht, wo er will und weht geziemend auch in der Verbrüderung, die Ich unendlich liebevoll mit dir betreibe. „Ich Bin das Licht der Welt", darf Ich als Ratschluss Meiner selbst uneingeschränkt von Mir behaupten. Das Strahlende ist das Vorzügliche, das Ich Mir unentwegt und raumesweit bereite. Was in Meinem Geist geschieht findet alleweil sein Pendant in der Weltenwirklichkeit, die in allem Ernste glaubt zu sein, derweil sie sich nur spiegelt in der Meinen. Willst du handeln, so handle aus der Ruhe wahren Seins heraus, die Ich in allem Bin, um dem Gesetz der Einigkeit vollkommen zu entsprechen und um damit ohne Unterlass in der bewundernswerten Weltenharmonie zu leben. Du Bist und kannst es dir noch bis ins letzte Detail Tag für Tag beweisen, indem du Meiner Art gemäss Gedanken pflegst und danach handelst mit der Siegesfahne in den Händen.

Das Gewöhnliche hast du weit hinter dir gelassen, indem du handelst oder schweigst wie Ich, vollends in dich versunken. Das ist dann die Quintessenz von alledem, was Ich Mir je erdacht und im gesamten Weltsein eingerichtet habe. Das Wesen der Vollkommenheit hat sich erkannt in seinem Blühen wie im Glückseligsein, das ihm beschert ist in den Wundern seines universenweiten Sich-Begütens.

6

Illusorisches Geplänkel

6.1

Was ist die Frage der Zeit an deinen Ufern? Dass du begreifen sollst wie sehr Ich dich und deine Angelegenheiten Meinem Reiche zugewandt erfahren will. Für dich ist das die erstplatzierte Perspektive auf die Zukunft hin, weil du nur mit dieser dich als fortgeschrittner Mensch und Weltenbürger, Seinsbewusster und Befriedeter erweisen kannst. Wie sag Ich`s Meinem Kinde, klagt Mein Götterherz Mich an. Wie kann Ich das von dir erwarten, was du gar nicht wissen möchtest, weil du es verkennst in deinem illusorischen Geplänkel. Trotzdem muss Ich versuchen, dich in deiner Stellung mit so vielen Fragen, Rätseln, Widerwärtigkeiten und Verlusten zu behängen, bis du einsiehst, dass es so nicht weitergehen kann. Deinem Suchen bleibt schlussendlich nur der eine Weg Mich und Meine Grenzenlosigkeit zu finden in der ungebrochnen Abenteuerlust, die dich beseelt. Das ist dann die Wende hin zu einem Menschentum von götterlichter Qualität wie vom Bewusstsein, dass du ewig neu Bist in der Aufeinanderfolge deiner Inkarnationen. Deinen Wänden werden von Mir feine Ohren zugelegt, mit denen sie, im Weltenlärm, befähigt sind, die Stimme des Allhöchsten zu vernehmen. Es offenbart sich ihnen eine Welt von Güte und gelassener Bescheidenheit, die die Seele tief beglückt und sich als einzig wahre, zukunftsträchtige erweist in der Quadrille deiner vielbegehrten Güter. Was du erstrebst ist dir zum Sinnbild des Allherrlichen geworden, das sich zu gewinnen lohnt und dem Beglückungen und Zuversichten höchst erstrebenswerten Glanzes folgen. Die Quintessenz von dem was du damit erreichst ist das Erwarmen an der Geistigkeit des Weltgeschehns wie das Bewusstsein von dir selbst als gottbegnadetes Indiz von Mir.

6.2

Ich betrachte Mich, wie Abgeklärte sich besehen, geistvoll, heiter, majestätisch und dem Sein verwandt in Mir. Aus dieser Perspektive Bin Ich Mir der. Angelpunkt der Welt die Ich voll Kraft und Zuversicht belebe. Was du dir sehnlich wünschest, hier ist es getan in der Vereinigung der eminenten Geisteskräfte die Mir eigen. Dem Sollen folgt das Wollen in erhabener Manier, das in Äonen schafft, was nötig ist, um ein harmonisches Verhältnis zwischen den agierenden Gemütern herzustellen. In Meinem Licht besehn, vollzieht sich alles was geschieht nach den Gesetzen ewiger Klarheit und Gewissenhaftigkeit, Gerechtigkeit und Lebensliebe. Meine Art zu sein offenbart Geschmeidigkeit und Güte, Stosskraft und Entschiedenheit bei der Verwirklichung der Ziele, die *Ich* aufs Korn genommen habe.

Begreifst du, was sich abspielt, wenn ein Gottesgeist am Werke ist, um alles zu erreichen, was er sich vorgenommen und in sich vertieft hat. Genauso muss es dir gelingen, Qualität und Schönheit, Unverbrüchlichkeit, Ästhetik und Glückseligkeit hervorzubringen, wenn du dich als Mich erspürt hast in den Weiten deines seinsbewussten Weilens. Du bekräftigst was Ich kraftvoll in dich senke und beweisest damit das Verhältnis zwischen dir und Mir, aus dem sich Fabelhaftes und Gediegenes ergibt in wunderbarem Aneinanderfügen. In der Vereinigung mit Mir liegt alles Glück begründet, das Ich dir seit eh und je verleihen will. Das geschieht in einer ungeheuren Folge von Begünstigungen und Legaten, Spezialisierungen und vertrauensvollen Missionen, die Ich gerade auf dich zugeschnitten habe.

6.3

Völlig unbeschadet schreitest du durch die Ereignisse der Weltenzeiten, wenn du Meiner dich versiehst in ihnen. Wie kann es anders sein, wo dich das Höchste unter seinen Fittichen beschirmt und Erbarmen lässt und Gnade an dir walten. Deines Seinsvertrauens eingedenk lass Ich die Schrecken Meines Gegenwärtigseins, wie Schall und Rauch im Raum verhallen. Die Geisteszartheit herrscht nun vor, mit der Ich das von Mir Geschaffene behüte. Bist du in Nöten, klage nur dich selber an, denn das weist auf dein Versagen hin in Sachen Seinsgewissheit und entsprechendem Dich-in-Mein-Reich-Erheben.

Fügst du dich Mir an, wirst du unweigerlich von Mir in die Geschmeidigkeit der überirdischen Gewalt gezogen. Ich habe alles so im Griff, wie niemals einer nur im Ansatz seinen Lebensplan im Griff behalten könnte. Das bedeutet, dass auch du dich als von Mir umkümmert und betreut betrachten kannst an jeder Stelle deiner fabelhaften Lebensliturgie. Willst du bewandert sein, so wandere doch Mir und Meinem Göttersein entgegen. Dies verschafft dir mehr und mehr den Status einer Gottessohnschaft, die wohl vom niemand zu verachten ist in seinem suchenden Enteilen. Du entgehst Mir nicht, will Ich dir leichthin sagen. Meine Ouvertüre ist zugleich der letzte Akt in allen Unternehmungen, die nach Meiner Geige und Gewähr zu tanzen haben. Sind sie doch Mein Angebinde und die Werkschau Meines Triebs zum Schaffen und Bestreben, allen Dingen Himmelswert und Grazie der Unvergänglichkeit und ewigen Bewusstheit zu verleihen.

Völlig unbekümmert gleitest du mit Mir durchs liebe, lange Leben, wenn du es geschafft hast, deine Geisteskräfte zu erwecken und immerzu mobil zu halten. Ich Bin das Mass, dich energetisch aufzuladen und dir die Fahrt in Mein Gefilde angenehm und schmackhaft zu gestalten. Damit erreichst du dann des Seins Idol, das dich im selben Treff betrifft wie Mich in der Gemeinsamkeit der vielgeliebten Göttersphären.

6.4

Worauf versteifst du dich in deinen Eskapaden, wenn du doch in Mir den Führer und Gestalter finden könntest für dein Menschenlos. Du liebst den Lärm und steigerst dein Getue täglich in der Hoffnung auf gesteigerte Genüsse millionenschwer. Du willst Unendliches gewinnen und verlierst dabei das Mass, das nur *Ich* dir angedeihen lassen kann. Dein Wüten, Brüten, Manöverieren und Hofieren führt dich in die Lage gross zu scheinen in der Welt der Streber, Wirtschaftskapitäne, Bluffer ersten Ranges und noch vieles mehr. Du willst dich mit den Höchsten dieser Welt vergleichen und erniedrigst dich dabei in Meiner bis zum Gehtnichtmehr.

Hast du dich mit deiner Kunst genug beladen, biete Ich dir Meine an, die Demut vor dem Herrn bedeutet, Anstand und verschwiegnes Lauschen auf den Herzenton. Die kleinste Flamme des Vertrauens Mir entgegen wird belohnt mit Sicherheiten geistiger Gewähr und Qualität, die echten Seelenfrieden zu dir tragen. In stillem Wachsen reckst du dich zu Mir empor und beginnst dich zu begreifen als das Wesen einer Gotteskindschaft ohnegleichen. Was dich wahrhaft ehrt ist dein Bestreben gut zu sein und Güte zu verströmen. Damit gleichst du dich Mir an, der Ich das universenweite Monopol für Seinsgerechtigkeit, gottselige Manieren und Glückseligkeit besitze. Begibst du dich bewusst in Meinen Zug wirst du bald wunderbar Gediegenes von Mir erfahren. Deine Krämpfe lösen sich und dein Gewissen wird wie von der Sonne aufgehellt in blankgefegten Tagen. Du bist dir selbst zum Ideal der Menschen- wie der Gottesfreundlichkeit geworden und siehst dich in den Himmel der Holdseligkeit am Sein und Sinngedicht voll Freude aufgehoben. Deine Würde ist die Meine, deine Weisheit Meiner ebenbürtig und dein Können in das Meine integriert geworden, so dass dir nichts mehr fehlt im götterlichten Wohlbehagen.

6.5

Die Klugen greifen zu den Sternen, derweil sie völlig unbekümmert ihre Lebensbahn durchschreiten. Ihnen ist das Kosmische für alles gut was *ist* und was im Geist geschieht wie in den hochgetürmten Bergen. Ich wohne dort wo Leben sich ereignet in der Fülle Meiner aus dem Sein gesetzten Taten und lebe auch in dir im Einigsein des Universenweiten Weltgeschehns.

Das Höchste, das Ich Bin, im Urgrund aller Zeiten, ist auch das Niedrigste in dem unendlichen Verbund, den Ich mit alldurchbrausendem Elan betreibe. So ist, was du dir Bist, der Gottheit allerwürdigstes Gefüge. Das Unendliche bist du in geisterfüllten Sphären genauso wie das Werdende und Schwindende auf dem ins Licht gesetzten Erdplaneten. Was Ich in allem Bin, ist der Vollendung Zug und Zartheit, Mustergültigkeit und virulentes Streben.

Baust du das Vertrauen zu dir selber auf, so siehst du Mich am Bauen und traust du dir Unendliches und sagenhaftes zu, Bin *Ich* es im verehrenswerten Seinsbefehlen. Verfängst du dich in Schlichen, nestle Ich dein Schicksal wieder auf und trittst du ins Abseits, so zeige Ich dir wo es wieder lang geht auf der Fahrt zu Meinen himmelhohen Ehren.

Du durchmissest eine Spanne, *Ich* durchmesse sie und fasse Mich in dem zusammen, was Ich Mir zu sein beliebe in dem Auf- und Abschwung Meiner schwingenden Potenz im Wunderbaren. Ich erheitre Mich in dir in allen Wesenszügen, die Ich mit dir gemeinsam durch das Dasein trage. Deine Resonanz ist Mir ins Herz geschrieben und die Werke deiner Hand sind von Mir aufgerichtet in der Fabelhaftigkeit Elysiens von Meinem Rang und Namen. Sei und singe, sag Ich dir und unterlass es niemals Mich in dir und deiner Welt zu spüren.

6.6

Gottes Strahlkraft und Vollendung will in dir zum Zuge kommen durch Transparenz, Vermittlung und Genie. Ich will, dass Meine überragenden Talente auch durch dich zum Vorschein kommen und der Welt vom Sinn und von der Süsse aller Lebenskraft erzählen. Hast du dir`s angewöhnt zu schweigen, wo das Volk noch vorlaut, kritisch, kleinkariert und zänkisch reagiert, kann Ich dir Kanäle öffnen, die dein Schicksal vehement auf Meine Seite ziehn. Du wirst dir deiner selbst gewahr und siehst dich an der Spitze Meiner weltgewandten Aktionen. Meinem Universenwerk dahingegeben, trägst du unablässig dazu bei, ihm den Charme wie die Bedeutung Meiner Seinspräsenz und Schöpferwürde zu verleihen.

Deine Herzensandacht zu erproben setze Ich den Hebel an der schwächsten Stelle an und prüfe dich auf Seinsbeständigkeit, erstrahlende Bewusstheit und gottesseligen Herzensfrieden. Mählich muss es dir gelingen, ganz besonders in der grössten Wirrsal voll auf Mich zu zählen und dementsprechend wunderbare Resultate zu erzielen. Mich in dir zu wissen ist das Paradigma, das sich zu erringen wirklich lohnt und das dir Geistesschätze einbringt von beseligender Qualität im Wunderbaren.

6.7

Nach dem Gepolter des Jugendstils Bin Ich im Herzen weise geworden. Ich konstatiere leichtes Überspringen aller Widerwärtigkeiten und wandle auf dem Pfad des gloriosen Mich-Vollendens. Die Andacht vor dem Höchsten, das Ich Bin, ist voll in Mich gefahren und dieser köstliche Gedanke verleiht Mir goldbetaute Flügel.

Ich finde Mich imstand das Fiebrige in Mir zu überwinden und Dinge anzugehn, die menschliche Gemüter schlichtweg für unerreichbar halten. Bist du eines Gottes Sohn, so sind dir wahrlich keine Grenzen angelegt, im Dich-Entfalten. Werte, Sinn und Leben setze höher als Vernünftelei, Befürchtungen und Lamentationen. Schliess dich Meinem Trend zum Vorwärtsstürmen an und sehe dich im Bund mit Mir in allen deinen Funktionen, abenteuerlichen, idealen und entzückenden Natürlichkeiten. „Ich Bin in Ihm" darfst du dir hundertmal ins lauschend Gewissen sagen. Die Wende tut sich auf, wenn du erfährst, wie richtig deine Meinung in der kosmischen Ägide sich erwiesen hat in der Erfüllung deiner gottgesegneten Ideen. In dir selber taust du auf und beginnst dich als der Geist der Wahrheit und Entschlossenheit zu fühlen. Deine Tänze, Kränze und Verbindlichkeiten sind schlichtweg die Meinen geworden, was der Philosophie der grossen Geister vollends entspricht, die in Sachen Sein unbedingt das letzte Sagen haben.

Als Kurator deiner selbst bist du bei Mir aufs Beste aufgehoben und darfst dir die Lippen lecken ob dem Hochgenuss, der dir damit vor aller Welt bereitet ist im Pläneschmieden. Die Kunde von dem Sein im Geist vermag dich über alle Lebensbarrikaden hochzuheben in eine Welt des Anstands, des Gefühls, sowie der liebevollen Menschengöttlichkeit in einem. Deines Wesens Tage sind nicht mehr gezählt, du schreitest durch Jahrtausende in immer neu gefasster Menschlichkeit dahin im strahlenden Bewusstsein, das Ich in dir Bin. Du Bist der Schreitende in Götteranmut, Kreativität und unermüdlichem Dich-selbst-mit-Sinn-Begaben.

6.8

Kleiner Mann, was nun, bist du genötigt noch und noch zu dir zu sagen. Von Mir jedoch kannst du in jedem Fall vernehmen, wie es wieder aufwärts geht, *Meinem* Licht und Meiner Wahrheit frohgemut entgegen. Beständig fühlst du dich wie angezählt und glaubst dem Unheil zu entrinnen, indem du dich in allem was du unternimmst noch progressiver sputest, bis du unter deiner Tüchtigkeit zusammenbrichst im peniblen Unterliegen. Das müsste nie und nimmermehr geschehn, wenn du dir Meine Gegenwart und Güte ins Bewusstsein bringen könntest zu täglichem Gebrauch und mit dem wunderbaren Resultat, dass alles, was du ruhigen Gemütes unternimmst, vorzüglich stimmt in deinem Leben. Auf den Punkt gebracht braucht es unendliches Vertrauen zum Unendlichen, das *Ich* dir Bin in deinem viel versponnenen Gemüte. Bei Mir ist nichts umsonst zu haben, doch, gerührt von deiner Herzensbitte, überschütte Ich dich mit der Überfülle Meiner Gaben. Du bist Mir kostbar, wie die Perle, in des Lebens Schale, derweil Ich wünsche, dass dein Sinn dem Meinen sich vollends vermähle. Das geschieht in deinem Staunen über alles, was wie aus dem Nichts entstanden ist und aus der Seinserkenntnis, dass es nur von Mir dem Schöpfervater stammen kann.

Nie habe Ich erwogen, Mich von dir zu trennen, doch du bist hinter das, was *Ich* dir Bin zurückgetreten. Dein Bewusstsein hat sich angewöhnt dich vor Mir klein zu sehn, statt dass es Mich in dir in seiner vollen Grösse, Fülle und Vollendung sah. Nie ist es zu spät für dich zu Mir zu kommen. Die Strecke, die du zu durchlaufen hast, ist die zu deinem Herzen und alsobald bist du in seinen Kammern mit der Herrlichkeit des Herrn verbunden.

Wache über deine Taten und schleich dich bei Mir ein, ist das kurz gefasste Evangelium, mit dem Ich dich beglücke und behüte fern und nah. Du Bist Mein Sein im wunderbarsten Über-dich-Verfügen.

6.9

In der Freude Gottes hüpft dein Herz wies beim Lämmlein auf der Wiesen. Du lässest alle Unbill im Bewusstsein fahren, dass du Bist der von Mir Gesegnete vor allen Zeiten. Es klaget dich die Sinnwelt an, lässt Haar um Haar in deine Suppe fahren. Ich aber löffle sie dir aus, womit dr keiner etwas antun kann von den geisteskritischen Gemütern.

Blick auf und wandle seinsbewusst und heiter durch Elysiens Gärten, durch die Ich dich mit Meinem Stab aufs Trefflichste geleite. Es sollen Hafenklang und Laute freudestrahlend dir zur Seite gehn. Was wünschest du noch mehr, Mein Herz, als Harmonie und Frieden, die Ich dir noch so gerne aus der Fülle Meiner selbst vergebe. Nur die Geistesdinge sind von wahrer Qualität. Sie bringen sich dir dar in liebevoller Selbstverständlichkeit und wundertätigem Sich-dir-Vergeben. In der Kreide sitzest du bei Mir in Sachen Seinsvertrauen, das immer noch zu wünschen übrig lässt in deiner zögerlichen Art, dich zu benehmen. Das bringt dir psychische Probleme ein, die auf Meiner Ebene mitnichten existieren. Hieroben ist so vieles frei, was bei dir noch festgezurrt im Argen liegt. Durch Lebensliebe und Gedulden kannst du es befreien.

Was in die Tiefe geht, wird zugleich in die Geisteshöhe reichen, was Früchte tragen soll, muss sachgemäss begossen werden, damit sie sich schön rund und saftig präsentieren. Aus Meinem Grund erheben sich Gedankenformen von unübertroffner Qualität und Schöpfersensualität. Ich liebe, was sich da gestaltet und übergebe es den Kräften, die Konkretes daraus stilisieren. Prozesse dauern auch in Meiner Hemisphäre an und lassen die Betreiber und Erleider schwitzen, heulen und die Fingerchen benagen. Doch lernt männiglich dabei, sich besser zu benehmen und des Gegners Argumente ernst zu nehmen. So wälzt die Evolution sich durch die Zeit voran und moduliert die gängigen Begriffe und Gepflogenheiten, bis sie sich dem Göttermass, wie der Besonnenheit der Himmlischen, geziemend unterworfen haben.

6.10

Ich Bin bescheiden, wo der Mensch sich Geltung zuschanzt in aborm gespreizten Zügen. Du wünschest mit enormem Scharfgesicht Mein Wesen zu zerpflücken und brüstest dich damit, Mich allertiefst durchschaut zu haben. Deine ausgeklügelte Theologie taugt wenig dazu, die Gläubigen zu Mir zu führen. Sie ist Verstandeswerk und, Mich verstehen heisst, das Herz zu Mir geschickt zu haben.

Du räusperst dich und frägst besorgt: wo bist du denn mein Gott, weil ich dich dort, wo ich dich suchte, nicht gefunden habe? Da stimme Ich ein Freudenlied in deinem Innern an und lass dich Meine Gegenwart herzinnig fühlen. Das macht, dass du Vertrauen fassest in den Lauf der Lebenszeiten, der dich durch manche Wüste, Wirrnis und Verletzung führt, bis dich der Morgenstern am frühen Tage wieder grüsst derweil die Seelenschatten von dir weichen.

So lernbegierig wie du bist, lerne doch Mein Alphabet der guten Hoffnung richtig zu gebrauchen, damit es dich in Meine Himmelweiten führt, wo alles Licht ist, Menschenwürde und Gottseligkeit in der Geborgenheit der Sphären. Deine Freunde sehen dich, wie eh und je dein Werk verrichten, doch sie gewahren mit Erstaunen wie dein Antlitz leuchtet, weil dich wunderbare Zuversicht beseelt. Du glaubst, derweil so viele an sich selbst verzweifeln, weil sie die Verbindung mit dem Ursprung ihres Seins und Lebens radikal verloren haben. Das ist ihr Verhängnis und soll das deine niemals sein. Solang du suchst, wirst du auch finden und solang du willst, will Ich dir aus der Fülle alles geben, wessen du bedarfst für deine Auskunft und Regie im silberhellen Fluss der Zeiten. Meine Kräfte stählen dich für alles, was du zu vollbringen hast und Meine Worte sind aufs Tunlichste dazu geeignet, deiner Seele Halt und Würde zu verleihen. Mal mag es so, mal anders sein, doch immer stehe Ich gezielt und vehement für dich und deinen

Vorteil ein in weltlichen wie geisterfüllten Dingen. Du
Bist und bleibst in Mir das Wunderwerk der Gottestaten
und der Liebling Meines liebevollen Herzbewegens.

6.11

Am Allerliebsten lasse Ich Mich selbst zu Worte
kommen, weil Ich dann gewiss Bin, dass die
Weltenweisheit ungeschminkt und tadellos Verbreitung
findet im Allhier. Verstehst du`s zuzuhören, gewinnst du
Ausgezeichnetes von des Höchsten Rang und Namen, der
Ich ohne jeden Abstrich für dich da bin in
verehrenswürdiger Manier.

Wenn du die Gelegenheit ergreift, von Meinem Wort
Gebrauch zu machen, hast du den Nagel auf den Kopf
getroffen und brauchst künftig auch nicht die geringste
Sorge oder Ängstlichkeit mit dir herumzutragen. Alles,
was sich vor dir auf dem Tisch des Hauses
wunderbarerweis verbreitet, ist von Mir das Zeichen
götterlichter Gunst und Güte, die Ich dir noch so gern in
warmgefühlter Herzlichkeit gewähre.

Wie Tau vom Himmel lasse Ich den Wohllaut Meiner
Liebe zu dir fliessen. Als wäre Ich von Sinnen schenke
Ich dir alles, was Ich Bin und habe, in der Euphorie der
Gottesfreundlichkeit, die Ich schon seit Äonen für dich
hege. Das kann nur gut gehn muss. in diesem Fall der
Kenner sagen und du pflichtest Mir begeistert bei aus der
Gewissheit, dass Ich Meine Herzenspläne jedem
offenbare der da will sein Wesen auf den Stand, der ihm
von alters her gebührt, voll Schwung und Rasse
ponderieren.

Am Himmel deiner Lebensliebe gleiten spielerische
Silberwölkchen schwebeleicht dahin und erbauen und
erfreuen dich in einem. Deine Welt ist transparent
geworden und offenbart sich als ein Kosmos von
bewundernswerter Geistigkeit und Harmonie, in dessen
Räumen dein Bewusstsein sich ergehen kann allwie in
einem farbenfrohen Paradiesesgarten. Du hast die Züge

Meiner Gottpräsenz und Seinsbewusstheit angenommen und darfst dich rühmen, deinem Leben Sinn und Flor, Bedeutsamkeit und Überlegenheit von Meiner Art erteilt zu haben. Du hast, das was du Bist, aufs Deutlichste begriffen und erfährst dein Sein in universenweiter Modulation, Bewusstheit und Glückseligkeit in unerschöpflichem Beschauen.

6.12

Sprichst du für dich, so ist es wie ein Kinderlallen in der Morgenfrühe deines Lebens, hingegen heisst, für Mich zu sprechen, aller Weisheit Born zum Sprudeln und Strömen zu bringen. Ich fasse die versunkensten und abgelegensten Ereignisse in eins zusammen einer Rede von bewundernswerter Abgeklärtheit, Logik, Transparenz und Synergie. Im aufmerksamen Lauschen wirst du der Nuancen inne werden, die aus Meinem Seelensang sich vor dir offenbaren. Das Staunenswerte kann in dem, was Ich verkünde, voll zur Geltung kommen und dich ahnen lassen, welches unerschöpfliche Genie dem Gott der Wahrheit innewohnt, der Ich Mir Bin in felsenfest geprägten Zügen.

Was immer liebenswert und tolerant, bedächtig, solidarisch, mitfühlend und entschieden selbstbewusst vor dir erscheint, ist Meines Geistes überragendes Gedankenspiel, an dem die Welten, wie die Universen, gütlich hangen. Was Ich immer machbar finde trachte Ich aufs Allerwürdigste und Träfste zu verwirklichen. Aus Meiner Fülle in die Fülle giesse Ich Mein schöpferisches Fair und fühle Mich verjüngt mit jedem Schritt mit dem Ich unberührtes Neuland und Gebiet betrete. Nur so ist zu erklären, weshalb die Schaffenskraft Mir nie erlahmt im Zuge von unendlich tatenfreudigen Äonen.

In dieser Perspektive kann Ich dir nur raten, deine Selbstbeschränkung tunlichst aufzugeben, um zu erkennen, dass Mein Wille aus der Himmelferne bis in dich hineinreicht, um dich ewig heiter zu den Quellen neuer Wissenschaft, Erkenntnis und Erhabenheit zu führen. Das ist dann die Stunde der Erlösung zur ereignisvollen Gotteswahrheit, die dein Leben zur bewussten Blüte der Allherrlichkeit des Himmels stilisiert und ihm den Charme und die Getragenheit verleiht, wie sie die Götter ständig in sich fühlen. Du Bist in Mir ein Seinspartikel wie ein Grossmodul der Wirklichkeit geworden, die die Geistessphären feierlich repräsentieren. Deine Wege sind ein einzigartiges und wohlbedachtes Streben hin zu Mir in einer Fülle, Form und seligmachenden Verbindlichkeit mit Mir, die ihresgleichen suchen.

6.13

Gehörst du dir, gehörst du Mir in der verschwiegenen Erhabenheit der Sterne. Ich lichte auf, was dir noch dunkel scheint und bringe dir die Botschaft von der heiteren Genügsamkeit, in der die Gottesgeister hierzulande leben. Was Ich verkünde stimmt haarklein mit den Verhältnissen und Wohlgefälligkeiten überein, in denen Ich Mich ewig rüstig und galant befinde. Für dich brauchst du nichts weiteres zu tun, als in Gelassenheit und Würde auf Mich zuzugehn im täglichen Marschieren.

Mache dir nichts vor, was in die Sparte Meines Brauchtums und Vernünftigseins an dir gehört. Nur Ich kann wissen, was dir wirklich nottut dort in der profunden Abgeschiedenheit der Himmelssphären.

Du weisst doch, dass Ich dich wohl leiden mag in deiner Unbeholfenheit am Lebenswerk, das Ich dir zu erfüllen aufgetragen. Es braucht Mein väterliches An-dir-Wirken, um Vollendetes zu schaffen in der Auserlesenheit der Menschengeister, denen Ich das Elixier der Hoffnung eingeflösst und eingetrichtert habe.

Sind erst deine Kanten, Scharfsinnigkeiten und Grotesken abgeschliffen, kann Ich Mich dir voll Zartheit zur Empfehlung bringen, wie zum Versuch, dir nah zu sein besonders in der Häufung von lebendigen Gefahren. Ich lege sie dir lahm, damit sie dir nichts antun können was dich kränkt und dir den Lebensmut beschränkt in deinen vorgerückten Tagen. Das Bittre mach Ich süss und was dich einst verletzte heile Ich im Nu. Schon immer Bin Ich als ein Herold der Bedächtigkeit und Liebe vor dir hergezogen und habe deinen Weg geebnet, dass du unbehindert in die Fernen schreiten konntest deiner götterlichten Lebensbahn. Dein Auftrag ist erfüllt, wenn er in Meinem sich vollzieht und deine Tage sind im Sinn der Köstlichkeit gebadet, den Ich dir leichterdings und wohlgesonnen für die Fahrt ins Sternenglück verliehen habe. Sei was Ich Bin und lebe unverwandt und willensstark in Mir.

6.14

Belebe dich mit Meinem Geiste und entzünde Meines Lebens Licht in dir. Ich Bin die Kraft in deines Wesens Gliederung und versehe dich mit dem Arom der Güte Gottes, deines Seins Verbindlichkeit mit Mir zu klären. Ich lasse *Meinen* Willen in dich fahren und bereite dir das Freudenfest, an welchem Ich dich zum erwählten Ritter der Barmherzigkeit und Gottesliebe schlage. Lass dich von Mir zu den Zinnen Meiner Geistesberge führen und schau dort in die Runde dessen, was Ich dir vertrauensvoll zu Füssen lege. Ich Bin dein Hirt für Zeit und Ewigkeiten und lass vor dir, inmitten deiner Wüstenei, den Brunnen der Gerechtigkeit am Sein erstehn. Glaube dem, was dir das Herz gebietet und folge seiner Weisung, die die Meine ist, wie nie zuvor.

Über dir hat sich die Grazie des himmlischen Azurs erhoben und bereitet dir den Glanz der Güte des Allherrlichen in dessen Licht du frohgemut einhergehst hoch erhaben. Du Bist und hast gelernt, auf deines Daseins Grund, als auf dem Meinen, firm und fest zu stehn. In deinem lauschenden Gemüte hörst du Mich die liebe Laute schlagen und in deinem Sinn beginnt die

Andacht vor dem Allerhöchsten gnadenvoll zu dominieren.

Wenn Ich springe, spring Ich für dich ein und erlöse dich von allen Wünschen, indem Ich sie erfülle als die grosse Freudenspenderin. Noch nie hat dir das Lied der Seligkeit des Herrn so liebevoll ins innerste Gemach geklungen, derweil die Augen sind im Glanz der Hoffnung wunderschön. Was dich belebt ist Mein Versprechen, dir auf ewig treu zu sein und dich von aller Unbill gnädig zu erlösen. Es waltet, was Ich Bin, in dir und du darfst von der Liebe, die Ich dir verströme, gütlich zehren. Was dich mit Mir verbindet ist das Wirkliche, das von Mir ausgeht und auch alles wieder heimholt in das reine Sein von dem es ausgegangen. Was Ich dir Bin ist Seinsglückseligkeit und Frieden, Wonne des Gerechtseins und am Ende allerliebste, azurblaue Himmelsharmonie.

6.15

Ebenmass und Wohlverstand sind Attribute Meiner selbst, die Ich besonders kräftig hüte. Ich Bin der Vater der Ereignisse, die universenweit geschehn und forme sie und fache sie begeistert an nach Meinem Gusto und Befehl. Wovon Ich überzeugt bin, lass Ich auch vor Mir erstehn in tadelloser Fülle und Wahrhaftigkeit. Das Neue lässt das schon Gewesene verblassen und führt mit seinem Glanz die Reihe der Errungenschaften prachtvoll an, die *Ich* Mir ins Gemüt geschrieben habe.

Zur Ganzheit forme Ich, was ehmals nur ein Bruchteil von Mir war. Ich lebe über allem Standard, weil Mir die Fülle des Unendlichen erlaubt, in nie versiegender Beständigkeit zu walten, schaffen und vor Mir selber recht bestehn.

Ich liebe es konkret zu werden, wo so vieles noch verschwimmt im Ungemütlichen. Mein Banner steht im Klaren, weil es keine Ursach findet, sich zu ducken und verstecken vor der Welt mit ihrer Gier nach Kritik und

Blamieren. Rechtschaffen ist, was unbeirrt aus Mir hervorgeht und seine Tadellosigkeit durch dick und dünn verteidigt, auch in dir. Brauchst du Schützenhilfe sieh Ich will sie dir gewähren wenn du höflich bei Mir anfrägst kurz und bündig, folgenschwer. Erkennst du, was Ich in dir Bin und leiste, wirst du dich hüten flennend, desolat und freudelos herumzustehn. Deine Herzensbitten sind bei Mir zuoberst aufnotiert und was ihnen folgt sind: friedevolles Nähertreten, Seinsvertrauen und ergiebiges Erfüllen dessen, was sich dir als Mangel und Verlust erwies. Mit Absicht streiche Ich gewisse Dinge aus dem Reichtum deiner Züge, um sie mit noch Besserem und Dienlicherem zu ersetzen. Das flösst dir wunderbar gediegene Gedanken ein von Überfluss und Wohlfahrt, Edelmut und Treue, die Ich an dir walten lasse in unendlichem Bewähren. Du Bist Meines Freuden-himmels Zier und Meiner Fantasie Begaben in dem Fortschritt, den Ich in dir, mit dir und um deinetwillen immerfort erziele.

6.16

Wunderfitze sind in Meiner Hemisphäre nicht willkommen. Sie benützen Mein Gedankenarsenal, um sich zu bereichern, wollen aber für die Evolution ins Göttliche nichts unternehmen. Du aber lässt dich nicht zur Unbedachtsamkeit verführen. Es leuchten dir die Sterne, Götterburgen gleich, ins Herz hinein und vermehren deine Andacht vor dem Allgewaltigen, das sich in kosmischer Betriebsamkeit ergeht. Wann endlich willst du einer von uns sein, seh Ich Mich veranlasst, dich zu fragen? Du trägst zwar alle Ingredenzien mit dir herum, die dich befähigen als Göttersohn und Erbe der Unendlichkeiten aufzutreten. Doch du weisst und willst es nicht. Von der Eigenliebe bist du wie benebelt, unfähig das zu schauen, was du Bist, als Bote der Genügsamkeit am Leben, wie als Herold gottbegnadeter Gesänge, die ungesäumt zu Mir und Meinen Herrlichkeiten führen.

Die Wirkung dessen, was Ich impulsiere, ist enorm. Meine Früchte reifen in der Gottessonne süss und saftig stilgerecht heran und profitieren myriadenfach von dem, was *Ich* ihnen frei heraus vergebe. So auch du, Mein Früchtchen, bist dazu berufen, eine überragende Gebärde Meiner Schöpferkunst zu werden. Es geht dich alles zutiefst an, was Ich universenweit im Schilde führe, und es ist dir nicht gestattet auszuflippen und zu kneifen in dem allerwürdigsten Projekt, das Ich mit jeden Menschenkindes Einsatz zu verwirklichen bestrebt bin. Hältst du dich dennoch von Mir fern, muss Ich dich früher oder später eines Besseren belehren, was dich schlussendlich zur Erkenntnis deiner selbst und deiner götterlichten Fähigkeiten führt. Dann bist du konkret in Meine regulären Reihen aufgenommen, die in *Meinem* Sinne und Befehl agieren und damit das Ganze furchtlos und verwegen zur Vollendung führen.

6.17
Betrachter zweier Ewigkeiten Bist du, vor und hinter dir, die Ich mit Meiner Fülle und Gelassenheit bedenke. Ein steter Wandel möchte sich an dir vollziehn, von Mir gelenkt und dennoch deinem menschlichen Entscheiden überlassen. Das beschert dir mannigfaltige Probleme, die zu lösen deine Kräfte übersteigen, sodass du im Gemüte hin und her geworfen wirst, gleich einem Schifflein machtlos in der Wut zerstörerischer Wogen. Da trage Ich dir Meine Hilfe an, indem Ich deine Seele mit dem Lockruf der Barmherzigkeit begabe. Vernimmst du ihn, facht er dir das Vertrauen an in Meine Güte, Macht und eigenschöpferische Fülle, welche jeden Mangel und ein jedes Weh beheben kann in gottbegnadeter Manier. Dies Wunderbare kann indessen nur an dir geschehen, wenn du einsiehst, dass *Ich* deines Wesens Paternoster und Begeisterer Bin, der dich mit seiner Nonchalance durchströmt und hütet unfehlbar.

Ich tausche, was Ich Bin, mit denen, die Ich in Äonen-schritten schuf. Mein Wort gewinnt für sie Bedeutung von genau derselben Art, wie es für Mich Bedeutung hat in Meinem Über-Mich-Verfügen. So spinnt sich ein ereignisvolles Miteinander an, von dem wir beide unablässig profitieren. Du Bist in Mir und Ich in dir das grandiose Weltzusammenspiel, an dem die Menschen, wie die Götter, sich aufs Trefflichste erlaben.

So zu sein ist eine Kunst, die von nur allzuvielen noch zu lernen und erwerben ist in wohlgemessnen Schritten wie mit einem Seinsvertrauen ohnegleichen. Du gliederst dich Mir an und erkennst dich als Mein Wesens Aperçu und Genialität im Weiterschreiten auf der Evolutionbahn. Nur die Tugend kann ermessen, was zu ewiger Jugend führt und der Begnadete kann sich in unermesslicher Glückseligkeit erfühlen. Solang Ich in dir Bin, kann dir nur wunderbar Gediegenes geschehn und in deiner Zeit wird von Mir ständig Ewigkeit geboren. Du trägst das Banner der Gotteseligkeit im Liebelicht voran, das Ich dir zugeordnet habe und Bist Mein Herold von des wahren Lebens Pracht und seelenvoller Harmonie.

6.18

Vor dem Versinken dich bewahren kann nur Ich in Meiner fürstentümlichen und rabiaten Überlegenheit, die nicht nur an ein Wunder grenzt, sondern es auch ist in ihrem überlegenen Grassieren. Meine Worte müssen jämmerlich versinken vor dem richtungweisenden Geplapper, das dich in die Irre führt von Mir. Du sendest zwar die Botschaft, doch kann sie von Mir nicht aufgenommen werden, weil weder Inbrunst noch Vertrauen seinsgerecht dahinter stehn. Sende Zuversicht, Wahrhaftigkeit, Geduld und Gravität und du wirst siegen im Bewusstsein Meiner Herrlichkeit im Dienen.

Was dich bei Mir hält ist selbiges mit dem Ich Mich manierlich bei dir halte, nämlich die Gemeinsamkeit des Seins, die wir selbander mit uns teilen. In diesem Milieu ist für die Göttlichen gut leben. Sie werfen auf und streichen ein was ihrem Sinn gefällig ist im Zeitverströmen. Sie kreieren Werke, Werte und Gediegenheiten von unendlichem Bestand und überschauen was sie *sind*, bis zu den Sternen hochgezogen. Bist du, so Bist du Meines Seins Gewinn und Ebenbürtigkeit, gewinnst du Mich, so hast du alles, was es zu gewinnen gibt, gewonnen. Du rührst an Dinge, die Ich längstens angerührt und für Mich aufgeschlossen habe. Es sind die Spiele, die sich keinen Sinn erfragen, weil sie für sich selber als vollkommen, faszinierend und Glückseligkeit verbreitend stehn. Siehst du sie an, so wirst du dich der Müh und Not gemäss, die sie erschuf, auf keinen Fall beklagen. Die Gotteswerke *sind* und sind bewundernswert, selbst wenn sie nie beachtet und bewundert werden. Das Natürliche vollzieht sich nach Gesetzen, die von Mir in seine Adern fliessen. Das Bewusste sieht die Absicht, die dahinter steht und die als geistiger Prozess den Schöpfungen vollendete Genügsamkeit wie fabelhafte Seelenkraft und wonnevolle Harmonie verleiht. Du Bist in alles, was da *ist*, bis ins letzte Detail einbezogen. Lächelst du, so lächelt Es in reiner Unschuld selig vor sich hin. Vermählst du dich mit göttlichen Gedanken, so vermählst du dich mit Mir im überragenden Gewinn der so für dich wie Mich entsteht. Mein In-dir-Wesen, jubelt dir Vollendung zu und schenkt dir das elysische Bewusstsein in des Liebeshimmels Grazie und Veneration.

6.19

Natürlichkeit im Umgang mit den Geistessphären ist gefragt im Reich der Mitte, das Ich Bin, in kosmischen Dimensionen. Ich Bin kein Würdenträger, vor dem man Bücklinge zu zelebrieren pflegt und auch kein Wildtier das dich zu zerreissen droht. Mein Sein ist in der Herzensstille zu erfahren und deine Attitüde gegenüber

Mir sei die des Freundes, der den Freund besucht. Sei dir klar darüber, dass Ich dich jederzeit mit Meiner geistigen Gelassenheit umflore und dass Mein Werk darin besteht, durch Güte und bescheidenes Belehren Wesen um Mich zu versammeln, die sich selber sammeln wollen in der Allweltlichkeit von ihrem Streben.

Von Mir hast du Impulse zu erwarten, die dich in höherwertigere Sphären führen als die von dir bisher bewohnten. Dein Bewusstsein soll sich weiten in die Auserlesenheit von kosmischen Erfahrungen, die dir Mein Sein in dir aufs Trefflichste belegen. Keinen Hirngespinsten brauchst du nachzujagen und kein Grillenfänger musst du sein, um zu begreifen, dass du Bist so wie Ich Bin das allgewaltig aufgebrachte Sein und Leben, von dem die Wesen aller Welten wunderbar durchpulst, durchströmt und liebevoll beschenkt sind, um ihr Glück und ihre Gotteswahrheit zu begründen. Handle Ich, so handelst du in Meiner Universengeste mit in Selbstverständlichkeit und sehnsuchtsvollem Seinsverlangen. Nicht du bist wirklich, sondern Meine Strategie der allerfüllenden Synthese aller Dinge die da *sind* im Einen als das Ich Mich erkannt und eingemittet habe. Mein Sinnen stellt die Wahrheit in das Licht der Welten, Meine Tugend ist das ewige Jungsein in der glänzenden Verfassung des Gemüts, aus dem Ich alle Meine Lebenskräfte generiere. Es ist nicht Meine Absicht Mich unaufhörlich auf dem Weltenplan zu inkarnieren und wieder von ihm wegzusterben. Ich werde Meines Wesens Sein, so wie es Mir beliebt, hinüber und herüber tragen in einer Folgerichtigkeit von unerhörter Menschen- wie von Gotteswürde im glückbegnadeten Erscheinungsbild, das Ich von Mir im Geisteskosmos wie in dem der Augenfälligkeit entworfen habe.

6.20

Machst du alles richtig, liebt der Wolf das Schaf zu fragen. Und das Schaf blökt „mää", was sicher ja und nein bedeuten kann. Ich aber halte dir die Wahrheit blank und ungeniert vor die erstaunten Augen, um dich über jedes Detail aufzuklären, das noch fehl am Platze ist oder wo dir Lob gebührt, es bewusst getan zu haben. Im Grund genommen wirst du selber dir zum Richter über Gut und Böse, sowie du ganz zu dem erwacht du bist was Ich Bin in dir. Du erkennst Mich als dein höheres Gewissen an und strebst Mir unentwegt entgegen. Auf diesem schmalen Weg sind Lauterkeit und Liebe, Wohlgeordnetheit, Geduld und Wachheit angesagt, die zu erringen dir von Mir geboten ist seit Generationen. Ich mache deine Wünsche wahr, sowie sie rein geworden sind und dazu angetan, die allgemeine Wohlfahrt und die Menschenwürde zu verbreiten.

Alles was dich zwickt ist der Beweis für die Bedenklichkeit von deinen Taten. Du verlangst für dich, was jedem andern auch gehören sollte. Und du entziehst dem Bruder wessen er bedarf, um heil und heiter, unbeschwert und dankbar sein zu können. Wenn Ich dich reich und schön gemacht und mit vielen Lebensgütern ausgestattet habe, so ist es deine Bruderpflicht dem weniger Bemittelten zu helfen in der wohlgesetzten Tat. Nur so wirst du im anderen dich selbst erkennen, als das Eine das Ich als der Gottesfunke Bin in jeder noch so unscheinbaren Kreatur. Du wirst von Mir an dem gemessen, was du für die Allgemeinheit tust und was du Mir zugutehältst von deinem Seinsvermögen. Ich Bin dein überird`scher Gläubiger und du der Schuldner der viel abzutragen hat von dem was *Ich* ihm frei heraus vergab. Siehst du dich so, dann kann Ich dich mit dem Gedankengut der höheren Gerechtigkeit vermählen. Deine Glocken schwingen sich in Mein Revier und deine Locken bleiben ungeschoren. Was du leistest ist geziemend über *Meinen* Leist geschlagen und zu deinem Metier gehört, mit Dankbarkeit und Liebe im Verbund mit Mir zu stehn. Das ist dann die Rettung in die Sphären des unendlichen Befriedens und Beglückens deiner geistigen Person, von der die Eingeweihten wissen, dass sie rein und edel, wunderbar begabt und gotteswürdig ist in der Gemeinschaft und Geselligkeit mit Mir im Wunderbaren.

6.21

Hinaus in die Weiten sehnt sich die Seele wo glitzernde Sterne den Himmel besäh`n. Vom Licht wie vom Winde getragen ziehst du dahin, dem Geiste gehorsam der dich in die lockende Freie entführt. Du lässest dir freilich im Innern besagen was aussen geschieht auf der Bühne des Lebens, geleitet von Mir. Ich zünde an allen Ecken und Enden die Lichter an, die die suchenden Wesen dem Dunkel entwinden und Hellem verbinden. Du bist ja kein Barbar und hütest die Hoffnung in dir auf Milderung deiner Probleme im langwierigen Leben. Wer kann sie dir geben, ausser Mir, dem Wahlverwandten deiner Züge, wie dem Meister der Klarheit in der Loge der Götter, die dich zu betreuen gewillt sind gehorsam deinem flehenden Rufen. Bist du einig mit Mir, so brauchst du nur auf dem Kurse weiterzuschreiten, den Ich dir bereitet habe. Lässt du nicht locker, so lockern sich dir mählich die Bande, die du rigoros um dich geschlagen. Du gehst als freier Mann einher, als befriedete Dame und führst das zu Leistende tapfer und mutvoll dem beglückenden Ende entgegen.

Hast du gesiegt, so ist auch Mir der Sieg gewiss gegeben, weil Ich ständig in dir Bin als Rufer in der Wüste, wie als segnende Gebärde der Allherrlichkeit in deines Wesens rein gewordner Melodie.

Sicher bist du, dass dein Glaube an die Geister, die dir dienen, Früchte zeitig von erhabener Manierlichkeit und schicksalhafter Harmonie. Was du dir Bist erkennst du als Mein Wesens wohlbegütetes Geschenk an Meine Bürgen. Du gibst dich Mir und Ich Mich dir in einer Weise, die nichts mehr zu wünschen übrig lässt und die im grandiosen Feld des Lebens Makellosigkeit und Sinn,

Seligkeit und Wohlgewissen generiert. Deine Züge glätten sich und zeigen dir die ewige Jugendblüte, die dir innewohnt, von Mir an alle Wesen liebevoll dahingegeben. Es ist des Seins bewusstes Handeln an der Welt, in die es sich vergeben, derweil es auch in dir das Zepter führt und deinen Dingen Ordnung und Gewissenhaftigkeit, Heiterkeit und Lieblichkeit beschert. Du Bist in Mir das sich verstrahlende Juwel der göttlichen Brisanz die allem innewohnt im Wunderbaren.

6.22

Gleichmut und Beständigkeit verstehen sich als Meine Trefflichsten Trabanten in der Sicht auf ewige Geschäfte, die von Mir und Meiner götterlichten Crew getätigt werden. Hast du je darauf geachtet, mit welcher Zuverlässigkeit, Genauigkeit und rhythmischen Bewegtheit Ich das Sternenall regiere, von dessen schöpferischer Pracht und geisterfüllter Nonchalance die Wesen alle noch so gerne profitieren. Deine Seinsbegriffe reichen nicht sehr weit, wenn du dich bloss ins einzige Leben eingefügt und in ihm abgehandelt siehst. Veranlagt bist du dazu, auf dem Erdenplan in wohlgemessnen Schritten ständig wieder zu erscheinen, bis du reif genug bist, dich als zeitenloses Individuum in Mir, als im Unendlichen, beglückt und wohlgeborgen zu erfahren.

Ich Bin es Mir gewohnt, mit allem was Ich schuf begeistert und bewusst zu spielen. Ich arrangiere die Begegnungen, die neue Würze in das Leben Meiner vielgesegneten Baptisten bringen soll, damit sie niemals Langeweile in sich spüren. Auch dir sei wohlbedacht von Mir ins Herz geflüstert, welches Glück es für dein Sein bedeutet, ewig neu und mählich bis ins letzte ziseliert zu sein, woran die Helden, Götter und Gewinner der Unendlichkeiten ihre helle Freude finden.

Gerade du taugst bestens für den Auftritt und die seelenvolle Wünschbarkeit in Meinem Reiche, wo die Urkraft sich an seiner eigenen Stärke misst und wo die Geistesblitze kreuz und quer durch das Unendliche fahren. So viel Erhabenheit, Verständnis und Genie befindet sich in Meinen Rängen der Entschiedenheit, das Gediegenste daraus zu inszenieren und ein Imperium von Wohlverstand und Sitte, Klugheit und Holdseligkeit zu schaffen, von dem die biederen Gedankenschwitzer und Gerechten ihres eignen Häutchens und Gebimmels, Wurstelns und verflixten Laborierens nur träumen können. Nur die Elite der Begreifer ist in Meinen Augen wahrhaft gross und kann sich rühmen Mich in ihrem Sein erkannt und anerkannt zu haben. Dasselbe soll auch dich zur ewigen Blüte bringen wie zur Einsicht in die Festlichkeit und Freundlichkeit des Lebens, das sich als das Sternenglück und die Synthese aller Dinge, Wesen und Gepflogenheiten in elysischer Vollendung, Himmelsgrazie und ewigen Wohlfahrt selbst geniesst.

7

Der Höhlenbär mit seiner Pranke

7.1

Der Höhlenbär mit seiner fürchterlichen Pranke holt zum Schlage aus, deine Wirklichkeiten zu vernichten, damit Ich sie durch neue, bessere ersetzen kann. Du triebst es bunt, doch bunter will Ich`s treiben auf dem Markt der wundertätigen Ideen, die von Geistesfortschritt und gesteigerter Bewusstheit was verstehn. Du bist noch lange nicht imstand, dich als der Hüter der erhabnen Qualitäten, die dir innewohnen, zu erkennen, um künftig deines Lebens Integral auf diesen zu erbauen, souverän und solitär. Was zu beachten ist in deiner Situation sind die Gesetze klugen Handelns, die sich per se aus den Gepflogenheiten Meiner Virtuosität ergeben. Es herrscht in dir wie in den Myriaden derselbe Geist und Wohlverstand, der Ich dir Bin, du brauchst ihm nur Gewicht und Anerkennung, Dominanz und deine wägsten Bürgerrechte zu verleihen. Es streift dich ständig Meine Hoffnung auf die Einsicht, welche deinem Sein und Leben einen Gottesduktus wie ein Weilen in der Sicherheit des Allerhöchsten zugestehen wird. Deine Zuversicht ist unverrückbar an die Meine angeflochten und dein Wille trägt den Stempel Meines Wollens in den Weltdistrikten, über die Ich universenweit Mein Szepter halte.

Was trägst du denn mit Mir davon? Alles was dir nottut auf der Reise, die noch mit so viel Eitelkeiten und Versäumnissen befleckt ist, dass du vor Meinen Augen wie ein Narr agierst, der weder ein noch aus weiss ob dem stümperhaften und verwerflichen Gehaben. In Mir gewinnst du Achtung vor dir selbst wie vor den sogenannten andern, die in Meiner Hemisphäre ganz genau dieselben Gottbegabten sind, von *Meinem* Wuchs, Gewinde und Relieve. Erholung wirst du nur in Meiner Lounge und Lichtung finden, Bedienung nur in Meiner wunderbaren Kubatur der Weltenräumlichkeit und des herzinnigen Befriedens. Auf dem roten Teppich komm Ich dir entgegen, wenn du Ass um Ass geschlagen hast auf deiner Siegestour durch alle Courts die *sind* in Meinem hochgebenedeiten, ewig heiteren und unaussprechlich süssen Namen.

7.2

Im Raum der Freiheit ist gut leben. Ich ahne was Ich Bin und addiere Meine Werte zu dem Einen, Hocherhabenen von weltumspannendem Bedeuten. Makrokosmisch ist das Sinngedicht in das Ich Mich verströme, urgewaltig die Substanz, die Mir zur unerschöpflichen Verfügung steht. Nun heisse Ich dich in der Logik des geschäftigen Agieren als Gesandter Meiner selbst aufs herzlichste willkommen an den Höfen Meiner zuversichtlichen Betriebsamkeit, die sich auf alle Lebensdisziplinen und Berufungen erstreckt, die *sind* in Meiner allumfassenden Bewusstheit von der Stärke Meines Mich-Erfühlens.

Mit deinem Dir-die-Sache-Überlegen gibst du Mir Gelegenheit, dich über Meines Hierseins Glorie, Glaubhaftigkeit und sprühende Interessenlage adäquat zu informieren, damit du deine Meinung von dir selbst gebührend profilieren kannst als Träger Meiner makrokosmisch aufgemachten Güter.

Ich trage dir die Freundschaft an, so wie sie Göttliche begeistert pflegen. Im Erkennen, dass du einer von den Unsern Bist liegt alle Würze deines Daseins und die Kraft, das Anspruchsvolle zu ertragen und das Holde zu geniessen, mit dem Ich dich seit eh und je bediene. Du Bist dein eigen Glück, sowie du felsenfest erkannt hast, dass es Meines ist im überschwänglichen Begüten dem Ich ständig Mein Vermögen weihe. Du steckst schon tief in den Begriffen, die sich von Seinserwachten ohne weiteres verwenden lassen. Was dich antreibt ist die Nonchalance, die Ich in freien Stücken über alles breite, was Ich aus Mir selbst getrieben habe. Es lächeln dir die Züge Meines Geistseins Weisheit zu, und das Beschirmen und Beschützen dessen, was du Bist, wird über alle deine Inkarnationen nie ein Ende nehmen. Hast du diese Zuversicht im Griff, weisst du, dass dir niemals etwas Ungebührliches geschehen kann, das imstande ist dein Dasein von Mir fern zu halten und dich gar ins Seelenungemach zu stürzen. Du erlebst was Ich erlebe und fühlst dich in elysischer Geborgenheit in Meinem nonchalanten Mich-Begründen.

7.3

Den Vorzug reinen Seins lass Ich Mir nimmer nehmen. Ich warte, schalte wie Ich will im Laufrad der Geschichte und vermehre Meinen Wert bis ins Unendliche in folgerichtig eingesetzten Taten. Da kann Mir keiner mit Bedrängungen und Widerwärtigkeiten kommen. Ich begegne ihnen mit der sagenhaften Weisheit, Weitsicht und Bewusstheit, die Mir ständig innewohnen. Mit Zetermordiogeschrei ist da nichts auszurichten, wo ruhig dargebrachtes Überlegen angemessen ist in der Würde der Propheten.

Ich komme, um dir zu erklären, weshalb du inkarniert bist zwischen zwei Unendlichkeiten, die dir Unermessliches zu bringen trachten in der göttlichen Gerechtigkeit und Wohlfahrt, Siebenseligkeit und Makellosigkeit in ihren Schössen. Ich nehme allen Schein von deinen Gütern und lasse sie zur Wirklichkeit erstehn. Ich demonstriere wie man sich benimmt an Meinem Hofe und lass dich dann das Beste daraus wählen. Was Ich errungen strömt dir ungehindert zu, weil es wie nichts vereinbar ist mit Meiner Ehre universenweit im Handeln und Die-Weltendinge-regelrecht-Begreifen.

Ich habe Mir nichts vorzuwerfen in Bezug auf väterliche Diktionen, die von allen Wesen willig aufgenommen und verwendet werden sollen. Es liegt an ihnen sich ihrer Köstlichkeit, Gelassenheit und Ehrbarkeit bewusst zu werden in der innigen Verbundenheit mit Mir. Mehr und besseres kannst du nicht haben, als die Würde die dich von Meiner Seite überkommt, im Handel den wir miteinander treiben. Da ist gut lachen, wenn die

Riesensachen stimmen, denen wir den Vorrat an Erfahrung, den wir angelegt,vermitteln. Rechtschaffen und verbindlich soll noch jede Geste sein, die deinem Lebenswerk zugrunde liegt, wie Meinem in der Union, die wir bis ins Detail miteinander pflegen. So rasch wie Flügelboote auf der Silbersee fliegen wir dahin auf unsern wohlbedachten Wegen und meiden seichte Stellen wie auch Felsenklippen auf der Fahrt ins Wohlgewissen unsrer Meisterzüge. Wir *sind* und trauen dem was wir seit Uhrzeit intus haben an Verlässlichkeit und Edelmut, Vertrautheit mit dem Ewigen, sowie die Reinheit des Gewissens, die im Glück erstrahlt, die es erfährt von der Gediegenheit der Himmelssphären. Du schaust dich ruhig um und atmest in Mir Sonnenklarheit, Wonne der Gerechten und vor allem blütenzart gestimmten Frieden.

7.4

Mutterseelen sind besonders liebevoll, wenn sie zu ihren Kindern gehn. Sie sind bereit, für ihre Schützlinge zu sterben, wenn Gefahr droht irgendwelcher Art für ihre Unbeholfenheit und zarte Konstitution. Nun vergleiche, was *Ich* für dich Bin mit dem goldnen Herzen einer Tigerin, die ihrem Eingeborenen die Stange hält durch dick und dünn in seinem Sich-Erleben. Begreifst du, welchen Aufwand Ich beständig mit dir treibe, um dir Gelegenheit zum Wachsen und Gedeihen zu verschaffen lebelang und intensiv. Von jedem Menschenwesen liesse sich ein reizendes Geschichtchen schreiben oder gar ein pfündiger Roman über die Ereignisse, die Ich ihm abgefedert und begütigt habe. Ewig neu ist, was du so erlebst mit hunderttausend faszinierenden Nuancen. Mählich will Ich alles, was dich so betrifft, zur strahlenden Vollendung stilisieren, ist es doch unweigerlich und seelenvoll mit dem verflochten, was Ich Bin, in Meiner geistigen Realität und überragenden Bewusstheit in den Geistessphären.

Du kommst immer bei Mir an, solange du auf Reisen bist und einem Ziel entgegengehst, dem Ewigen, in deinen vielverschlungenen Romanzen. Ich laufe dir beständig hinterher, sie zu bewerten in Bezug auf Lebenstüchtigkeit, Manierlichkeit und subtiler Seinsmoral. Das ergibt ein Bild von Menschlichkeit wie Gotteswürde, die von Mir ein Zeichen sind von vielgepriesener Erhabenheit wie von genialer Weitsicht des In-sich-Bestehns. Die Träger dieser Einsicht fühlen sich zuinnerst wie verwandelt im alltäglichen wie im unendlichen Getriebe. Sie haben Seelensicherheit und Unbescholtenheit der feinsten Art erlangt, die *ist* und die gestreckten Laufes von Mir ausgeht, um dich königlich und wirkungsvoll, liebreich und geziemend zu beleben. Das ist das Wesentliche von dem vielen, das du Mir zu danken hast. Schlussendlich geht so viel von Mir und Meinem Wesen an dich ab, dass du dich in Mein Sein verwandelt und verhandelt siehst, in wunderbar geschmeidigen und gottgeweihten Zügen. Du Bist und darfst es ruhig in die Welt hinausposaunen, weil es auch ihr Glück bedeutet, majestätisch, überwältigend und kongenial.

7.5

Mich von der andern Seite her betrachtend, formuliere Ich wie folgt: Ich Bin das Wesen ewiger Glückseligkeit, hinabgestiegen in den Traum des Lebens und erwacht in ihm zum Sein in Freud und unnennbarem Frieden. Hast du das Denken über eine andre Seite aufgehoben, wird es dir bewusst, dass es nur eine gibt, in der die Wesen alle *sind* und leben. Geist vom Geiste sind sie, wohnend in der weltlichen Natürlichkeit, die ihnen Grund und Basis ist für die Entfaltung ins unendliche Geschehn. Mir geht es darum, dir deine wunderbare Gegenwart als geistige Potenz bewusst zu machen. Es ist die Meine die allüberall als Leben in das Weltsein strömt und ihm Gedankenstärke, Seinsbewusstheit und Genie verleiht in grandiosen Zügen. Durch Mich wird dir der Reichtum himmlischer Genügsamkeit zuteil, die deines Hierseins Manifest besiegelt und behütet, nährt und es schlussendlich ins Bewusstsein der unendlichen Begabung führt in der allgöttlichen Regie. Siehst du dich so, verschwimmt dein Herz in namenlosen Freunden, derweil du dich bejahst und willst und formst und über alle Massen liebst in deinem Dich-zu-Mir-Erheben. Die Verwandtschaft mit dem Ewigen verleiht dir Flügel, die dich fähig machen in die wunderbaren Seinsgefilde aufzusteigen, die dir Trost und Würde, Menschlichkeit wie Gottgewandtheit bringen. Deine Züge glätten sich und dein Empfinden ist das eines Meisters der Entschiedenheit zum Guten und Gerechten, das die Göttlichen beseelt. Du Bist und stellst dich geistig dar als Sternbild unter Sternen wie als raumerfüllende Brigade reinen Seins von dem Ich Zeuge Bin in unerschöpflicher Manier. Es weht der Wind der Hoffnung über Meine Fliesen und begünstigt das Gestalten und Gewalten derer, die sich in der Hochburg Meines Seinsbewusstseins etablieren wollen. Sie sind die Trefflichen, die sich zum Gang in Meine Höhen, Tiefen und gesundenden Verhältnissen entschlossen haben. Das ist der Reiz der Weltgeschichte, dass sie die in ihr Versammelten mit unnachahmlicher Geschmeidigkeit und Varietät zur Seligkeit im Geiste führt, von der die sinnenden Propheten wie die schicksalsmächtig und galant zu Mir Erhobenen der Welt unendlich viel Gereimtes und Beglückendes, Befriedendes und Wonnevolles zu erzählen haben.

7.6

Willst du aus dem Vollen schöpfen, neige deinen Becher Meinem zu, von dessen Überfluss Ich dir soviel du willst liebend gern gewähre. Stets geht es Mir darum, den Segen Meiner Fruchtbarkeit bis ins Unendliche zu verteilen, damit er sich als nützlich und galant, solidarisch und solvent erweise. Auch du bist ohne Unterlass von dem betroffen, was Ich in die Wege leite, um zu Gloriosem neue Glorie hinzuzufügen. Ergatterst du dir nichts davon, tritt dein Persönliches markant zutage und sieht sich als Verlierer in den Sparten: Wohlverstand, gottselige Manieren, Weisheit und Gelassenheit von Meinen Rang und Namen.

7.7

Du wirst dich grämen, um den bitteren Salat, den du unwissend, selbstbezogen und verheerend angerichtet hast in Gottes Namen. Ich hingegen Bin der Einige mit Mir dem niemals etwas abgeht an der Nonchalance und Tugendstärke, weiterführenden Brisanz und Wohlfahrt, die Mir eigen. Was Ich zu gestalten fähig Bin, führe Ich auch aus und sende Meine Kräfte in den Äther, wo sie sich verwirklichen in wohlgesetzten Runden. Eine Lehre für dich soll es sein, Meinem Tun und Treiben zuzuschauen, um dann in derselben Wohlerwogenheit, Kapazität und weiterführenden Gewissheit zu agieren. Das schafft Freude, Frieden und harmonisches Geflüster in den Einzelseelen wie in Weltenräumen und offenbart Vollendung dessen, was Ich schon seit Uhrzeit güte-strahlend intendiere.

7.8

Was du nie bedacht hast in des Lebens Manifest und Stil, Festlichkeit und silberhellem Fluss und Röhren durch Äonenzeiten, will Ich dir Zug um Zug in allem Ernste offenbaren. Es ist die Lehre von den Hintergründen kosmischer Natur aus denen alles, was da *ist*, hervorgeht wie von Zauberhand geschaffen. Du glaubst es nicht und wirst es einst doch akzeptieren müssen, dass Mein geistiges Vermögen aller Dinge Ursprung ist und gloriose Seinssynthese zwischen einst und jetzt, oben, unten, jenseits, diesseits wie noch zwischen allem, was da *ist*, im allweltlichen Getriebe. Ich Bin das Sein und

Bin es noch in jeder noch so minikrymen Offenbarung in der Zeitlichkeit, die sich von A bis Z durchs Ewige bewegt. Einmal wirst auch du dich als des Seins Gebärde und Empfindsamkeit gewahren in des Daseins Silberfluss und Spiel. Du Bist und änderst dein Bewusstsein von der Welt im Masse deiner Fähigkeit, dich in Mich eingesenkt zu fühlen. Das ist dann die intimste Wahrheit, die Ich für dich, schemenhaft zuerst und allgemach in strahlender Gewissheit präsentieren kann. Es liegt in deinem Seelengrund ein Schatz verborgen, der Ich Bin in unnachahmlicher Grandezza wie in Makellosigkeit und Genialität von Gottes auserlesnen Gnaden. Du Bist reich im Reichtum Meines In-dir-gegenwärtig-Seins und darfst dir Gottgefälligkeit und Achtsamkeit, Liebenswürdigkeit von Meiner Art, wie strahlende Unsterblichkeit und ewige Jugend ins Gewissen schreiben.

Getraust du dich, Mir anzuhangen, läuft dein Weg geradewegs ins Unermessliche hinein, von dem alle Wesen gründlich zehren. Du Bist mehr als du dir je erdenken könntest im Gewinde deiner Lebenszeiten, derweil Ich Mich in dir als Manifest und Mittler, Meistersinger und intimer Seinsgefährte etabliere. Jedes Wissen, jede Würde, Fabelhaftigkeit und Zierde, sind von Mir lanciert und glanzvoll und geschwisterlich ins Weltgewissen eingegraben. Du trägst das beste von dem, was da *ist*, davon im Lächeln der Unendlichkeit, das Ich dir ständig und gezielt, herzinnig und gewissenhaft vergebe.

7.9

Im Gottesstaat von Meiner Sorte und Gravur lebt sich`s in holder Eintracht mit den vielen, die den Weg zu ihm voll Verve gefunden haben. In lichter Klarheit sind sie von sich selber überzeugt, sowie der Seinsgewissheit unbedingt ergeben. Sie haben in der Freie des Gewissens Mich erwählt als wesenhaften Seinsdonator von der einen, allerfüllenden Gestalt, die allem innewohnt im Meisterzyklus der Äonen.

Ich verwerte, was Ich Bin und streue Blumen der Holdseligkeit und Wohlfahrt auf den lichten Weglauf vor Mich hin. Es gibt nichts Besseres als Meine Güte im Regieren dessen, was Ich Mir als Ideal erschuf. Vorsatz wie Nachsatz Meiner selbst Bin Ich. Im Seinsgewissen, trage Ich Mich völlig unbeschadet durch das Ewige dahin im Vollbesitze Meiner Güter, wie im Wesen der Gerechtigkeit, die Ich besonders innig pflege. Meiner Ahnen Ahnung führt Mich durch Äonengravitäten zielbewusst hinan, wo Ich Elysisches erfahre und wo die reine Liebe herrscht in den beseelten Räumen Meines Universenseins im Wunderbaren.

Ich herrsche über Mich und damit über alles in Gedankenklare, Loyalität und friedenstiftender Gewähr für gute Sitten, Seinsgeselligkeit und Kraftschluss aller Dinge in den Geistessphären. Bist du mobil, so kannst du Meine Seinsbewegtheit in dir spüren. Bist du gläubig, so bekräftige Ich, was du dir vorstellst, mit Impulsen von Gottseligkeit, die ständig von Mir ausgehn zu den Trägern Meiner himmlischen Gewähr. Wie für Mich geschaffen Bist du, wenn du dich dazu ermunterst, Mir mit Haut und Haaren zu gehören, derweil du dich vom Unmut der Geschichte scheren lässest und zugleich aufs Vortrefflichste belehren. Meine Wege scheinen oft skurril, doch sind sie so stabil wie nur das Gottgefertigte stabil sein kann in seiner alles überragenden Struktur. Bist du die Mitte deiner selbst, so kannst du wohl ermessen, wie senkrecht, graziös, bestimmend und gediegen Meine Universenmitte ist in deren Umhang sich Myriaden Lebensgeister eingenistet haben. Einer von den vielen bist auch du und darfst dich selig nennen im Gewissen Meiner Seinsidentität in dir.

7.10

Beglückendes Gewahren des Erlebens, das Ich führe in den Zweigen Meiner Seinsvernunft und Virtuosität im Höherstreben. Ich Bin das Ass, das Ich aus Meinem Elementenspiel gezogen, die Perle, die Ich aus dem Wesen Meiner Schöpferkraft entliess. Wohl bekommt Mir, was Ich seit Äonen tunlichst eingerichtet habe. Der Grazie des Himmels seh Ich Mich vereint im Lichte des Erkennens Meiner Schöpferstrategie. Wie von Sinnen bringe Ich Mich selber in die Wirklichkeit des Seinserlebens weltenweit in unerschöpflicher Manier. Mein kosmisches Gehaben hebt es sich aus der Fülle reinen Seins in stetem Generieren steil empor in sagenhafte Weiten, die Ich zeitenlos und wesenhaft bewohne.

Wer von Güte trunken ist, vermag auch kapitales Gutsein auszustrahlen, so wie *Ich* es graziöserweise unternehme. Mein Duktus liegt auf dem Vollendeten dessen, was Ich schon erreicht und in Meinen Reichtum eingemittet habe. Was immer Ich aus Mir entlasse trägt den Schmelz der Göttlichkeit auf seinen Zügen und verrät dem staunenden Betrachter Meines Wirkens Köstlichkeit und geniale Ideologie. Ich muss Mich selber mit dem Staunen über Meine Schöpferqualität begaben, die von blühender Natürlichkeit und strahlender Bewusstheit was versteht. Nun sage du, was du, als liebevoll in dich gefahren, wunderbarerweis erfühlst im Seinsbegreifen. Es weht der Wind der Einheit aller Dinge durch Mein glänzendes Gefieder, sage Ich, im Definieren dessen, was Ich Bin, in Meines Weltenseins und Strebens Grossmanier. Das ist nicht ohne, will Ich nebenbei bemerken und gehört in die Annalen Meiner Seinsgeschichte silberhell und goldbetresst hinein-geschrieben. Was Ich stets in Mir bewahre ist des Seins entschiedene Glückseligkeit, an der Ich Mich mit wunderbarer Selbstverständlichkeit erlabe. Sie ist Mein

Heil und Meine Würde, Mein Sinnspiel und Mein ewig tätiger Gespan.

7.11

Ich danke dir Mein Himmelsfreund für deine Geistesgaben, flüstert der Prophet in dir in liebevoller Sympathie. Er sieht sich wunderbar vereint mit denen die ihm hilfreich sind in seinen delikaten Geistzusammenhängen. Schrittweis und geziemend kommt er so voran auf seinem Weg in hoch bedeutende Gebiete geistiger Erlesenheit und Signatur. Viele Stimmen fördern das Erwachen deiner Seele zur beglückenden Erkenntnis deiner Gott-Natur. Du empfängst in tiefem Schweigen ihre Botschaft, die die Seelenwelt verändert einem Hochgebenedeiten und Erhabenen entgegen.

Was soll das für dich bedeuten, wenn so viele sich um deinen Fortschritt kümmern und sich bemüssigt fühlen, dir die Hand zu reichen über viele Hemmnisse, Fussangeln, Stolpersteine und natürliche Belästigungen hin. Es ist, weil sie sich deines Werts bewusst sind in den Episoden der bis ins Unendliche verbreiteten und adäquat verbrieften Evolution. Du Bist ein winziges und dennoch unentbehrliches Relikt in ihrem Wesen. Derweil bist du dazu verpflichtet, sie in *Meinem* Sinn voranzubringen nach Gewissen und Gewähr in deinen siebenfachen Runden. Ich muss dir trauen können bei dem, womit Ich dich betreue und dabei unbedingt erwarte, dass du es mit höchster Qualität und Genialität vollbringst. Zugleich soll dies nach Meiner unvergleichlich wirkungsvollen Art geschehn, den Dingen Meiner Meisterschaft Vollzug und seelenvollen Rhythmus zu bescheren. Es kommt nicht darauf an, dass du dein Werk in rauen Mengen produzierst. Vielmehr sind hier Gewissenhaftigkeit und Ehrfurcht, Solidarität mit dem Allhöchsten sowie Himmelsanmut angebracht im unermüdlichen Agieren. Wenn Ich das von dir verlange ist es wahrlich nicht zuviel, indem Ich dir vertraulich zu bedenken gebe, dass *Meine* Hilfe *deinen* Einsatz, *deinen* Mut wie *deinen* Drive bei weitem überwiegt. Soweit soll es kommen, dass du dich vollends in Meinen Habitus und Meine Grazie des Himmels, eingebettet siehst, mit deren Unbedingtheit und Bravour, Gerechtigkeit und Detailliebe Ich die Universenwelt regiere. Vor nichts und niemand sollst du Scheue zeigen, derweil du dir des völligen Geborgenseins im Seinsgefieder sicher bist und dich der Überzeugung hingibst, dass es sich lohnt der Gottheit bis ins Letzte und Beglückendste, Reinste und Vertrauensvollste anzuhangen.

7.12

Makellos Bin Ich in Meines Gotteswesens Richt und Ziel. Ich erwärme Mich an Meiner eignen Flammen Spiel und weiss Mich mit der eignen Weisheit zu belehren. In höchster Würde würdig sein ist eine Kunst, die niemand ausser Mir bis zutiefst beherrscht, was Mir den Nimbus der Unnahbarkeit, Verschleierung und Unerbittlichkeit beschert. Worüber willst du dich denn noch beklagen? Deine Dinge kommen laufend so daher wie *du* sie sehen willst, in deinem freien Über-dich- Verfügen. Da drängen sich dir Widersprüche auf, die gegen Meine Weisheit, Weitsicht und Mein Weltverfügen revoltieren. Bald zappelst du im Netzwerk, das du dir gesponnen, bis *Ich* dir in Meiner Güte Beistand leiste, um dich zu befreien nach dem Motto: Gott ist gross und weise, willig und korrekt in seinen Dispositionen. Du musst dich hüten, Mir das selbstgeschaffne Ungemach behende zuzuschreiben. Geschmeidiger ist es, Mich in dir im Hilferuf zu wecken, um darauf, Meinem Wink gehorchend, neuen Perspektiven zuzugehn.

Was Ich von dir erwarte taugt für eine Ewigkeit und ist in deines Schicksals Logbuch unmissverständlich eingeschrieben. Es ist die Gottesbasis für dein Handeln in der Welt und damit auch an Mir. Herzensfrieden stellt sich ein und Läuterung von aller Wehmut über längst vergangnes Weh. Was heil ist, ist durch Meine Güte heil geworden und was dein Herz bewegt, strömt dir aus Meinem Strahlen liebevoll entgegen. Am Ende lässt sich alles seinsgerecht und prächtig an und deine Züge lohnen sich, derweil sich seine Resultate immer besser mit den Meinigen vergleichen lassen. Es weht der Wind der Zuversicht durch deine Seelenräume und die Sonnenwärme in ihm kommt von Meiner Seite noch dazu. Das nenne Ich Entfaltung wahren Seins in deiner Hemisphäre. Du gewahrst, was du dir Bist und schöpfst das Seinslebendige aus Meinen silberhellen Schalen. Alles ist nun gut und geht mit dir dem Licht der Wahrheit seelenvoll entgegen. Du Bist Mein Vorbild und entpuppst dich aus dem Raupensein, zu dem der gütestrahlenden, glückseligmachenden Farfalle.

7.13

Ob es dir gelingt, den Zustand höherer Bewusstheit dauernd aufrecht zu erhalten, hängt von deinen Willen ab, mit grosser Regelmässigkeit zu meditieren. Du gewinnst dabei Verbindungen mit Wesen höherer Vernunft, die sich alle Mühe geben dein Weltbild aufzubessern zu Unendlichkeiten von elysischer Natur. Es nützt dir nichts, dich zu beklagen über dies und das, was dir nicht in den Rahmen deines philosophischen Geplänkels passen will. Alle tückischen Querelen führen dich schlussends dahin, wo deine Seele Meiner Weisheit süchtig wird und sich als selig anerkennt in Meinem Liebesgarten.

Nur *Ich* Bin fähig, deine Triebe so zu lenken, dass sie sich stets bescheidener und seinsbewusster präsentieren. Du siehst dich von Mir regelrecht bemuttert und darfst dabei doch frei heraus ganz eigenwillig über deine Lebenszeit verfügen. Merklich weise macht dich erst die Einsicht, dass du als ein veritables Teil von Mir agierst, selbst in den uneinsichtigsten Allüren. Deine Schritte gehen fehl und doch sind es die Meinen im Abseits der guten Bahn, die Ich für deinen Lebenswandel vorgesehen habe.

Was immer dich betrifft, betrifft auch Mich im Weltgetümmel, das Ich leichterdings, gutgläubig und vertraulich angezettelt habe. Das ist nun einmal so, Ich will nichts Fremdes in der Schau auf was du Bist entdecken, wenn ich deine Seinsaffären gütestrahlend überdenke. Meine Seinsgesetze sind reell und brauchbar, Individuellem zugeneigt und wirkungsvoll fürs Universenleben. Befolgte du sie, kannst du tagein tagaus beruhigt, was da kommt, erwarten und in ihm dein Glück und deine Anerkennung finden.

Ich messe aus was deiner Stufe des Gedeihens angemessen ist und teile mit dir die Erfordernisse, die für diese Zeit auf deiner Linie liegen. Woran du wachsen sollst sind die Bedürfnisse, die dich zum ständigen Agieren treiben. Desgleichen sollst du dich in Meiner gütestrahlenden Struktur fit und geborgen fühlen, indem du Anteil nimmst am allgemeinen Blühen und Vergehn. Tagtäglich kreuzen sich die Wege zwischen dir und Mir und immer soll dabei die Stimmung lauter und galant sein wie auch wundervollen Edelmut verströmen. Alles Hitzige wird abgekühlt und lautre Liebe will sich selig zwischen uns entfalten.

7.14

Das Momentane öffnet dir den Blick für eine glänzende Idee, die zu verwirklichen enorme Kräfte, Zeiten und Entschiedenheiten nötig sind. In Mir sind diese Qualitäten alleweil am Werk gewesen und haben das vollbracht, was nun in einzigartiger Gediegenheit vor jenen Augen liegt, die auch die geisterfüllten Hintergründe sehen mögen. Was Mich veranlasst, wie ein Fürst, Verschwender, Marketender, Musikant und Minnesänger aufzutreten ist die Fülle dessen, was Ich

172

weltenschöpferisch verwenden kann unter der Ägide faszinierender Ideen.

Dasselbe ist auch dir beschieden, wenn du nur den Mut hast etwas aufzugreifen, um es dann mit Hilfe Meiner unerschöpflichen Ressourcen zu verwirklichen. Ich steh dir bei, wie immer du es wünschen magst und moduliere deine Absicht bis hinauf in hundert tatenkräftige Verstiegenheiten, Meiner Art und Willigkeit gemäss. Ich bringe Mich in dir zum Staunen über so viel Unverfrorenheiten und Beweglichkeiten, Natürlichkeiten, Genialitäten und bestimmende Gesetze, die dem ganzen Regelmässigkeit und Sinn, Schönheit und Rechtschaffenheit bescheren.

Für Meine Zwecke heisst Transport nichts anderes als federleichtes Schweben durch Unendlichkeiten, deren Wohllaut und Erhabenheit Ich noch so gern zutiefst erfühle. Ich habe Mich mit dir auf eine Art verbunden und vermählt, dass sich dein Sein im Jubel des Erkennens als das Meine offenbart in seelenvoller Harmonie. Das ist dann die Vollendung dessen, was *Ich* immer wollte und was im Laufe der Äonen sich an dir wie Mir verwirklicht in glückseligmachender Manier. Alle deine Rätselhaftigkeiten sind gelöst, so wie sie`s für Mich immer waren. Deine Seinsbegriffe haben die Bedeutsamkeit erlangt, die ihnen angemessen ist, und was du Wahrheit nennst, ist dir von Mir für alle Zeit anheimgegeben. So kommt, was kommen muss, aus dem Unendlichen zu dir hinüber und erzeigt sich dir als unverwüstlich, licht und schön. Du liebst es als Geschenk der Sterne und siehst dich selber als ein Wesen des unendlichen Gedeihens, der Gottseligkeit wie der Behutsamkeit von Meiner Gnade, Meiner Wohlfahrt und von Meinem götterlichten Stil.

7.15

Oft wärest du weit besser dran mit Nichtstun statt mit „blanke Böden scheuern", Stroh zu dreschen oder mit der Forschheit der Banausen Porzellan in Stücke zu schlagen.

Da muss Ich Klartext zu dir sprechen und dich mit offensichtlicher Beherrschtheit in die Schranken weisen deiner Möglichkeiten grandios und siegessicher aufzutreten. Ich lasse Rotes vor dir blinken in der Form von Krankheit, Ehekrach, Gewissensnot und Absturz in geschäftlichen Belangen, bis du einsiehst, dass du deinem Leben andere Werte, menschlichere Sitten und Vertrauen in Mich beizufügen hast. Es ist dir aufgegeben zu begreifen, dass Ich als Kreator aller Lebensdinge Dominanz verdiene, Achtung und Entschiedenheit mit Mir am selben Strick zu ziehn. Bei allem Umtrieb hast du dieses noch zu leisten, dich bewusst in Meinem Umfeld, Meiner Diktion und Meiner Gottgewandtheit zu bewegen. Ohne Mich kannst du nicht sein, denn einst wirst du gewahr, dass Ich in den Tiefen deines Seelenseins dich Bin in unwahrscheinlicher Grandezza und Gediegenheit, verehrenswertem Feingefühl und liebevollem Dich-im-Sein-Bewahren.

Vieles würde dir erspart, wenn du die Gnade hättest, auf Mein inner Wort zu hören und dem Gewissen abzulauschen, was du tun sollst im Entscheiden so und so. Mein Urteil ist das rechte aus der Weltenübersicht, die Ich Mir im Äonenschreiten angeeignet habe. Ich weiss das Wie weit besser als die Myriaden Stümper, Dünkler und verachtenswerten Protzer mit der Macht in ihren Händchen und dem Bund von Drähten, die zu ziehn sie nach Belieben schlüssig sind. Immer Bin Ich reiner Stärke Ideal und Bin der Weltenlenker in unbändigem Über-sie-Verfügen. Wahrhaft grandios vermagst du nur in Meiner Hemisphäre und Gewandtheit, Unbescholtenheit und Liebenswürdigkeit zu sein. Mit Mir im Grunde dominiert das reizend Runde, das da offensichtlich weiss verehrenswerte Klarheit, Stattlichkeit und Ehrbarkeit zu generieren. Das ist dann was *Ich* meine und was dem Dasein Sinn, Erhabenheit, Holdseligkeit und Gottergebenheit beschert.

7.16

Woran nagst du noch geliebter Erdenfreund, wenn dir doch alle Segnungen der Erde wie mit einem warmgefühlten Windstoss zugefallen sind. Du hast ein holdes Weib errungen, wühlst gekonnt im Kapital und lässest dich am Palmenstrand nach Herzenslust broncieren. Du reitest rastlos auf den Wellen des Erfolgs vom einen Hochgewinn zum anderen und steckst Resultate ein, die männiglich verblüffen.

Was willst du denn noch mehr Mein Alleshaber, wo dir hunderte die Füsse küssen und du schwimmst in einer Fülle von Lobpreisungen, wo so viel andere ihr Leben bitterlich beklagen.

Unzufrieden ist dein Herz, das merk Ich schon, leise zittert deine Seele in der Angst, dies alles zu verlieren, weil es keine echten Werte in sich trägt, welche deinem Leben Sinn und Würde, Ausgewogenheit und innige Heiterkeit verleihen könnten.

Inmitten dieses Glücks, lass Ich ein gnadenloses Unglück, eine Katastrophe und Verstümmelung an dir geschehn. Dein Glanz ist angekratzt und eben dies führt dich allmählich zur Besinnung auf das Wesentliche und Bestimmende in deinem Leben. Du schweigst, derweil auch deine wirren Wünsche schweigen. Dein Schifflein wird beladen mit dem was *Ich* durch dich ins Ewige befördern will. Und das bist du. Dein Fragen wird vom Hauch des Geistes überwältigt, der Ich dir Bin und der in deiner Seele Wohnrecht und Präsenz besitzt von Himmels Gnaden. Du erkennst was an dir nichtig und was gross ist deinetwegen, Meinetwegen in der uralten Disziplin des Seinserfahrens. Das wird dir nun zum Ideal des Weiterstrebens auf dem rechten Pfad, den du in Mir gefunden und der dich zur ersehnten Heilung und damit zum Seelenheil erhebt. Die Synthese mit dem Göttlichen ist es, die hier geschieht, das Wachsen an dir selbst und deinem Schicksal, dem die Seinsvollendung folgt in wunderbar geschliffnen Zügen. Was immer du dir vornimmst ist so gut wie von Mir vorgenommen und was du unterlässest geht genauso durch den Aderlass, den Ich Mir selbst gewähre. Dein Bezug zu Mir nimmt Formen an von Gottgeweihtheit im holdseligen Gewissen, das Ich in dir Bin, derweil die guten Geister Gottes in dir ihre wunderbar beseligenden Psalmen singen.

7.17

Bist du erwacht, siehst du die Weltendinge wie in einem Film an dir vorübergleiten. Kein Härchen können Sie dir krümmen, weil du zwar mitten unter ihnen bist und dennoch nicht von ihrem Geistesschlage. Du schreibst dein eigenes Kapitel in der Weltgeschichte, die nun offen vor dir liegt und brauchst nicht mehr in ihr zu träumen. Das Radikale liegt dir fern, derweil du in das Fluidum der Zartheit eingesponnen bist, mit der Ich schon äonenlang begeistert operiere. Ziehst du aus dem, was Ich dir offenbare, deine Schlüsse, wirst du zu dem Einen kommen, dass du Bist des reinen Seins Geflüster und Gefieder, das für alle Wesen wunderbarerweis dasselbe ist, ob sie es gelten lassen oder nicht.

Findest du Geschmack an dieser Botschaft des allherrlichen Genügens am bewundernswerten Welten-sein, so ist das Rätsel um dein Wesens Existenz und Wirbeln, Widersprüchlichkeit und Singularität als ein für alle Mal gelöst und aufgedröselt zu betrachten. Du Bist und bist mit Mir was *ist* ob der Verschiedenheit der farbenprächtigen Nuancen, unter deren Schein und Heiligkeit es auftritt, ohne nach dem Sinn zu fragen. Das mag dich bass verwundern, doch fragen nur die in der Illusion Gefangenen nach Sinn und Zweck und Schuld und Sühne über das, was sie mit tränenfeuchten Augen vor sich sehn. Götterherrliche sind schaffend ohne nach dem Gästebuch zu schielen, derweil sie mit dem Ursprung aller Dinge, inniglich verbunden sind, wie mit dem geschmeidigen Sich-selbst-Begaben.

Ich kenne dich, wie Mich von Zion aus und habe nie zu überlegen wer Ich Bin in Meinem Reich der Myriaden Variationen Meiner selbst als Kapitän, Magister und Beförderer der schönen Künste wie der Kompetitionen, die daraus in Fülle und Erhabenheit erstehn.

Ich fühle Mich gewappnet, als der einzige Versierte auf dem Markt der Eitelkeiten krisensicher aufzutreten, derweil Ich dir versichern kann, dass es für dich nur eines kleinen Schwicks bedarf, bis du dir selber zutraust, als das eine Seinsbeglückte und über alles Zeitliche erhabene im Universum aufzutreten.

7.18

Gross sind die Krater, wenn es tätscht und kracht in der so sehr verwunderlichen Weltenseele. Ich hebe sie hinauf zu Mir und tröste sie und Pflege liebreich ihre Wunden. Recht viel hat das mit dir zu tun, der du Bist ein Teil von ihr und der du mit ihr leidest an den Unvollkommenheiten, die noch an Mir hangen. Aufbruchstimmung herrscht, zu neuen Ufern will das Weltgewissen fahren. Viele wollen. Was willst du? Ich Bin gekommen, dir den Weg zu weisen, wo es in die Länge geht wie in die Breite. Ich öffne dir das Panorama vieler Möglichkeiten dich weiter und berufener hinauszuwagen ins unendliche Geschehn. Was kannst du besseres im Schilde führen, als in Meinem Reiche vorzustossen, wo die Sonne niemals untergeht und wo die Sterne ewig unerschöpflich blinken. Ich sage dir die Lust zum Frieden an, die Ich in alle Herzen guten Willens pflanze. Es geht ein Schauer durch die Reihen der Gerechten Gottes, die sich wohlgeborgen wissen alleweil in ihm. Es ist Mein gutes Recht, ein jedes hoffende Gemüt voll Seele darauf hinzuweisen, dass Ich für es da bin, ohne nach der Herkunft oder der Errungenschaft zu fragen. Mir sind alle recht, derweil Ich ja in ihnen Bin, das Bessere zu wollen und dem Schlechten abzuschwören. Alles, was du meidest ist zugleich von Mir gemieden, wem du

Förderung verleihst, dem ströme Ich voll Verve unendliche Bewusstheit zu. Es geht nicht an, dass auch nur eines von den Wesen sich von Mir verlassen fühlt, denn Ich erfülle ja den Universenraum mit Meiner Geistpräsenz und Meinem liebevollen Seelensein im göttlich gutgeheissenen Allhier.

Was willst du noch von Mir erfragen? Alles was du von Mir willst, liegt öffentlich vor deinem sehnenden Gemüte. Es erweist sich deines Lebens Fülle als die Meine und dein Dictionarium ist angefüllt mit Ausgezeichnetem, das auf Mich hinweist auf der vielgepriesnen Götterspur.

Alles was Ich Bin erlangt in dir unendliches Bedeuten und verleiht dir Flügel, dich in Meine himmlischen Gefilde zu erheben. Das ist deine Zukunft, licht und schön in Meiner Ungebundenheit und wunderbar beseelten Harmonie.

Ludwig Weibel, geboren 1933
Lebt in CH-9200 Gossau/St.Gallen
Studienabschluss als Fernmeldetechniker
Schriftstellerische Berufung zur
"Philosophie des Seins" für vife Geister.
Erstellt elegante Graphiken mit einem
Pendel-Apparat. (Siehe Buchumschlag)
Homepage: www.das-sein.ch
E-Mail: ludwig.weibel@hispeed.ch